C'est toi
que je veux

DANS LA MÊME SÉRIE

Gossip Girl
Vous m'adorez, ne dites pas le contraire
Je veux tout, tout de suite
Tout le monde en parle
C'est pour ça qu'on l'aime
C'est toi que je veux

gossip girl

C'est toi que je veux

Roman de

Cecily von Ziegesar

Fleuve Noir

Titre original :
You're the one that I want

Traduit de l'américain par
Marianne Thirioux-Roumy

ISBN : 2-265-07994-4

Et si l'amour existe, quelle chose est-il, qui n'est pas le néant ?
Si l'amour est bon, d'où vient mon malheur ?

Geoffrey Chaucer, *Troilus et Cressida*

gossipgirl.net

thèmes ◀ précédent suivant ▶ envoyer une question répondre

Avertissement : tous les noms de lieux, personnes et événements ont été modifiés ou abrégés afin de protéger les innocents. En l'occurrence, moi.

salut à tous !

Vous connaissez le proverbe ? Aujourd'hui est le premier jour du reste de votre vie ? Je l'ai toujours trouvé hypernul et cucu mais voilà qu'aujourd'hui il me semble profond. De plus, je commence à croire que ça n'a rien de nul d'être cucu. Il n'y a pas de mal à souhaiter une bonne journée au portier quand il vous ouvre la porte le matin lorsque vous partez en cours. Et pourquoi ne pas s'arrêter pour sentir les lilas plantés devant les immeubles le long de la 5e Avenue ? Tant que vous y êtes, lâchez-vous et collez-vous un bouquet derrière l'oreille. Nous ne sommes qu'au mois d'avril mais, ça y est, vous avez la permission de chausser ces nouvelles tongs Coach en cuir vert menthe *pour sortir* – vous savez, celles qui sont incrustées de petites roses jaunes que vous ne portiez que *chez vous* depuis plus d'un mois ? Naturellement, aller en classe sans uniforme vous attirera forcément des ennuis mais, autrement, comment frimer avec votre nouvelle pédicurie brésilienne ?

Je sais, je sais, vous devez sûrement me trouver folle d'être aussi optimiste vu que, cette semaine, nous saurons tous si nous sommes reçus dans les universités où nous avons déposé notre candidature. C'est le truc le plus grave qui nous soit arrivé jusque-là. Dès cet instant, nous serons marqués au fer rouge en fonction de la fac que nous avons choisie ou plutôt, de la fac qui nous a choisis : la petite maligne reçue à Yale, la joueuse de volley lesbienne abonnée aux 14/20 en route pour Smith, l'héritière barjo qui est entrée à Brown parce que papa a raqué. Tout ce que j'en dis, moi, c'est pourquoi ne pas prendre les choses du bon côté ? Les lettres sont envoyées, ce qui est fait est fait et, pour ma part, j'ai hâte d'aller de l'avant.

CE JEU STUPIDE AUQUEL NOUS JOUIONS TOUTES – ET JOUONS ENCORE EN SECRET

Les admissions à la fac étant presque derrière nous, il est temps de consacrer désormais toute notre attention à autre chose d'aussi important : *nos vies amoureuses*. La liste ci-dessous porte sur le temps que vous passiez avec le garçon de vos rêves (veuillez ajouter la ligne « au lit » à chacune des réponses suivantes).

Buviez des Fuzzy Navels et veilliez jusqu'à l'aube.
Vous nourrissiez de sundaes hot fudge.
Regardiez de vieux films.
Vous baigniez à poil.
Faisiez des ronds de fumée.
Jouiez au Twister.
Vous offriez des tatouages effaçables.
Séchiez la gym.
Essayiez le yoga Bikram.

Non pas que je préconise quoi que ce soit de trop illégal. Ce n'est surtout pas le moment de tout faire foirer. Vous avez entendu parler de cette jeune actrice prometteuse qui était entrée à Harvard l'an dernier avant de se barrer à L.A. avec son petit copain comédien tout le mois de mai ? Admission à Harvard… annulée !!! La liste ci-dessus est simplement le meilleur moyen que je connaisse pour se débarrasser des kilos de stress qui nous tourmentaient. Tiens, tiens, c'est un régime que je pourrais bien suivre à la lettre !

VOS E-MAILS

Q: Chère Gossip Girl,
Je voulais juste te remercier de me remonter le moral alors que je suis qu'un paquet de nerfs. Je ne sais pas toi mais moi j'ai postulé dans douze universités et la nuit dernière j'ai rêvé que je n'étais acceptée dans aucune. Un conseil pour pas que je me barre au Mexique ? T tro cool.
— Rose

R: Chère Rose,
C'est pas mal le Mexique mais bon, douze facs ? Allez, tu vas forcément être acceptée dans une, voire dans les douze ! Et au cas où tu aurais envie de te jeter d'un pont avant que les douze réponses n'arrivent, reste auprès de tes amis… sauf si tu as peur qu'ils te poussent, en fait ! Ce sont des moments délicats pour nous tous.
— GG

Q: Chère GG,
Alors, cette tarée du centre de désintox du Connecticut, elle est sortie de la vie de **N** ? Parce que s'il est célibataire, je vais carrément lui sauter dessus !
— Reddy

R: Chère Reddy,
Désolée, ma belle, mais tu devras attendre ton tour – et sans resquiller, s'il te plaît ! Malheureusement pour nous, quelqu'un dispose d'un coupe-file. En fait elle a toujours été là et le sera probablement toujours. Je suis sûre que tu vois de qui je parle. Mais ne sois pas trop jalouse – sa vie est loin d'être parfaite.
— GG

ON A VU

N, se réveiller et se défoncer sur les marches du **Met**. J'imagine que maintenant qu'il est capitaine de l'équipe de lacrosse et qu'il ne traîne plus avec cette détenue de centre de désintox prodigieusement folle, il peut se détendre et s'éclater. **O,** sécher la réunion de tous les élèves de l'établissement ce matin pour rentrer chez elle, au cas où **Yale** la désirerait tellement qu'ils lui auraient envoyé sa lettre d'admission par FedEx ce matin. Vous avez dit tarée ? **O**, encore, au rayon lingerie de **Barneys**, essayer ce que l'on pourrait tout bonnement qualifier d'« ensemble porte-bonheur ». **S,** se ronger les ongles en prenant le soleil à **Sheep Meadow** sous l'œil admiratif de tas de garçons. Pourquoi angoisse-t-elle autant, au fait ? **D** et **V** feindre de ne pas se voir en faisant la queue pour acheter des billets pour le dernier film de Ken Mogul à **l'Angelika**. **J**, essayer une paire de **Manolos** en peau de python, exclusivement sur liste d'attente, à **Bergdorf Goodman**. Comment au juste a-t-elle l'intention de les payer et quand au juste a-t-elle l'intention de les porter ? OK, elle n'est qu'en troisième, mais elle a de l'ambition, c'est clair.

JUSTE AU CAS OÙ VOUS AIMERIEZ REVIVRE CES PRÉCIEUX MOMENTS...

V réalise un documentaire sur toute cette histoire d'admission à la fac. Dites-vous que la voilà, l'opportunité de décharger votre stress et de passer quatre minutes sous les feux de la rampe. Pendant quinze jours, elle filmera près de Bethesda Fountain dans Central Park après les cours.
Je croise les doigts – et les orteils. Bonne chance tout le monde !

Je suis sincère, ne dites pas le contraire.

gossip girl

o est la star de son propre petit film

— Dis-moi simplement ce que tu ressens en ce moment. Tu sais, avec les lettres d'admission à la fac qui arrivent cette semaine et tout et tout.

Vanessa Abrams regarda dans la caméra en plissant les yeux et régla l'objectif de sorte à bien cadrer les boucles d'oreilles chandeliers en jade et cristal de Swarovski d'Olivia. C'était une douce après-midi d'avril et le parc s'était transformé en maison de fous. Derrière elles, un groupe de lycéens de St Jude's couraient après un frisbee sur les marches en terrasse surplombant Bethesda Fountain, juraient et se taclaient dans une frénésie de stress pré-admission-à-la-fac refoulé. Autour du périmètre de la fontaine étaient vautrés les corps parfaitement bronzés et manucurés des filles de terminale de l'Upper East Side qui fumaient des cigarettes et appliquaient sur leurs jambes le dernier accélérateur de bronzage Lancôme, sous le regard clément de la dame en bronze ailée au centre de la fontaine.

Vanessa appuya sur la touche « enregistrement ».

— C'est quand tu veux.

Olivia Waldorf humecta ses lèvres brillantes et replaça derrière ses oreilles les fines mèches châtain foncé de sa coupe de lutin qui repoussait. Sous son polo noir uni et son uniforme gris de Constance, elle portait l'ensemble soutien-gorge/string en soie turquoise et dentelle noire qu'elle avait acheté au rayon lingerie de Barneys. Elle s'adossa au bord de la fontaine et installa ses fesses sur la serviette de bain que Vanessa lui avait donnée pour s'asseoir.

String et chaleur n'ont jamais fait bon ménage.

— Je me suis promis que si j'entrais à Yale, Nate et moi le ferions enfin, commença Olivia. (Elle baissa les yeux et fit inlassablement tourner son rubis à l'annulaire de sa main gauche.) Nous ne sortons pas vraiment ensemble – enfin *pas encore*. Mais nous savons tous les deux que c'est ce que nous voulons et dès que cette lettre arrivera… (Elle regarda de nouveau la caméra et ignora le regard curieusement intense de Vanessa-au-crâne-rasé-et-aux-écrase-merde-noires.) Pour ma part, ce n'est pas uniquement coucher qui est en jeu, en revanche. C'est tout mon avenir. Yale et Nate. Les deux choses que j'ai toujours désirées.

Elle pencha la tête. En fait, elle désirait un tas de trucs. Mais à part cette exquise paire de sandales plates-formes Christian Louboutin en lézard argent, ces deux-là étaient les plus importantes.

— Bien tenté, loser ! cria un garçon en attrapant le frisbee dans le vide sous le nez de son pote.

Olivia ferma ses yeux bleus puis les rouvrit.

— Et si *je n'y entre pas*… (Elle marqua une pause pour l'effet) y a quelqu'un qui trinquera, bordel !

Et si elle portait une muselière cette semaine ?

Elle soupira, passa la main sous son polo et réajusta sa bretelle de soutien-gorge.

— Toute cette histoire de fac ne fait pas autant flipper certains copains à moi – comme Serena et Nate. Mais c'est parce qu'ils ne vivent pas avec leur mère trop-vieille-pour-être-enceinte et leur gros beau-père répugnant. C'est vrai, quoi, je n'ai même plus de chambre ! (Elle refoula une larme et regarda la caméra d'un air mélancolique.) C'est, genre, ma *seule* chance d'être heureuse. Et je crois que je le mérite, non ?

Applaudissements.

n veut juste goûter son brillant à lèvres

Parvenu au bout de la promenade bordée d'ormes qui menait à Bethesda Terrace and Fountain, Nate Archibald jeta le mégot de son joint fumant et passa devant ses copains qui jouaient au frisbee. À moins de trois mètres de là, Olivia, assise en tailleur au pied de la fontaine, parlait à la caméra. Elle paraissait nerveuse et quelque peu innocente. Ses mains fines voletaient autour de son petit visage sexy et son uniforme gris court recouvrait à peine ses cuisses musclées. Il dégagea ses mèches châtain doré de ses yeux vert émeraude et fourra ses mains dans les poches de son treillis. Elle était sexy en diable.

Forcément, au même instant, chaque fille dans le parc pensait exactement la même chose – au sujet de *Nate.*

Il ne reconnut que vaguement la fille bizarre au crâne rasé derrière la caméra. En temps normal, Olivia n'aurait rien eu à foutre avec elle mais elle était toujours partante quand il s'agissait de parler d'elle. Elle était avide d'attentions et même après avoir rompu avec elle et l'avoir trompée un milliard de fois, Nate aimait encore lui en prodiguer. Il plongea ses mains dans la fontaine, se mit derrière elle et éclaboussa son bras nu de gouttes d'eau.

Olivia retourna la tête d'un coup pour se trouver nez à nez avec Nate, toujours aussi irrésistible, en chemise jaune déboutonnée sortie de son treillis, les manches retroussées de sorte qu'elle ne vît que ses muscles merveilleusement bronzés et son visage parfait.

— Tu n'écoutais pas ce que j'ai dit, hein ? lui demanda-t-elle.

Il secoua la tête et elle se releva de sa serviette, ignorant royalement Vanessa. Pour Olivia, elles avaient terminé.

— Salut, dit Nate en l'embrassant sur la joue.

Il sentait la fumée, le linge propre et le cuir neuf – toutes ces bonnes odeurs de garçons.

Miam !

— Bonjour.

Olivia tira sur son uniforme. Pourquoi donc n'avait-elle pas été admise à Yale *aujourd'hui* ?

— Je me disais que l'été dernier tu étais complètement accro aux sandwiches à la crème glacée, observa Nate.

Il éprouva alors l'envie soudaine de lécher tout ce gloss au goût de bonbon sur ses lèvres et de passer sa langue sur ses dents.

Elle fit mine de remettre en place ses nouvelles boucles d'oreilles pour qu'il les remarque.

— Je suis trop stressée pour manger mais de la limonade, ce serait une excellente idée.

Nate sourit et Olivia fourra sa main sous son bras, exactement comme avant, quand ils se baladaient. Ce bon vieux frisson familier la parcourut. C'était toujours pareil quand ils ressortaient ensemble – doux et palpitant à la fois. Ils se dirigèrent vers le vendeur ambulant en haut des marches à qui Nate acheta deux canettes de limonade Country Time. Puis ils s'assirent sur un banc et il sortit une flasque en argent de son sac à dos Jack Spade vert olive.

Cocktail time !

Ignorant la limonade, Olivia s'empara de la flasque.

— Je ne comprends pas pourquoi tu angoisses autant, la rassura Nate. Tu es genre, la meilleure élève de ta classe.

Entrer à la fac faisait naître des sentiments ambivalents chez le jeune homme. Il avait postulé dans cinq universités et ouais, il désirait entrer dans l'une d'elles mais il était quasi sûr qu'il s'éclaterait où qu'il aille.

Olivia but une autre lampée à même la flasque qu'elle lui rendit ensuite.

— Au cas où tu aurais oublié, j'ai, en gros, complètement merdé mes *deux* entretiens ? lui rappela-t-elle.

Nate avait entendu dire qu'elle avait craqué à son premier entretien pour entrer à Yale et qu'elle avait terminé en embrassant l'homme qui le lui avait fait passer. Il était aussi au courant de son flirt de courte durée dans une chambre d'hôtel avec un recruteur ancien élève de Yale. En un sens, il était responsable de ces deux incidents. Chaque fois qu'ils cassaient, Olivia pétait les plombs.

Il tendit la main et ajusta son rubis à son doigt.

— Relax. Tout va bien se passer, lui dit-il d'un ton apaisant. Je te le promets.

— OK, en convint Olivia, bien qu'en vérité elle n'arrêterait pas de stresser tant que sa lettre d'admission à Yale ne serait pas accrochée au-dessus de son lit dans un cadre Tiffany en argent fait sur commande. Elle mettrait le nouveau CD des Raves qui l'avait toujours excitée, bien qu'il fût quelque peu bruyant et odieux, et s'allongerait sur son lit en relisant encore et encore sa lettre d'admission tandis que Nate ravagerait son corps nu…

— Bien, fit-il en se penchant pour l'embrasser, interrompant son petit fantasme classé X.

Olivia grommela intérieurement. Si seulement elle pouvait lui faire son affaire, là, sur ce vieux banc de bois graisseux de Central Park ! Mais elle devrait attendre d'avoir des nouvelles de Yale. C'était le marché qu'elle avait conclu avec elle-même.

la seule chose qu'elle n'ait pas

À l'autre bout de la promenade, Serena van der Woodsen suçait une glace à l'eau, perdue dans ses pensées, lorsqu'elle aperçut ses deux meilleurs amis assis sur un banc, s'embrassant à pleine bouche, incarnant une publicité pour le grand amour. Serena soupira et avança lentement en léchant les copeaux de caramel liquides de sa glace. Si seulement le grand amour était quelque chose que l'on *pouvait* acheter.

Comme si elle n'avait pas eu une tripotée de petits copains raides dingues d'elle et hypercool. Il y avait eu Pierre, le Français qui l'avait poursuivie en petite décapotable orange dans toute l'Europe. Puis Guy, le lord anglais qui voulait s'enfuir avec elle à la Barbade. Conrad, le mec du pensionnat du New Hampshire qui la faisait veiller jusqu'à l'aube en fumant des cigares. Dan Humphrey, le poète morbide qui ne parvenait jamais à trouver la bonne métaphore pour elle. Flow, la rock star qui s'était transformée en harceleur – comme si ça *l'embêtait* d'être harcelée par un mec aussi sexy et célèbre ! Et Nate Archibald, le garçon avec qui elle avait perdu sa virginité et qu'elle aimerait toute sa vie – mais uniquement en tant que pote.

Et ce n'était que la liste des candidats retenus.

Pourtant elle n'avait jamais connu le *grand* amour, tel que Nate et Olivia le vivaient.

Elle jeta le reste de sa glace dans une poubelle et accéléra le pas, ses tongs Mella en tissu éponge rose martelant bruyamment l'allée pavée, ses longs cheveux blond clair se déversant derrière elle et son uniforme gris plissé de Constance Billard voletant sur ses jambes interminables. À mesure qu'elle se rapprochait, les garçons qui faisaient les fous autour de Bethesda Fountain et du skate-board le long de la promenade appuyèrent sur leur touche « Pause » intérieure, le souffle coupé. Serena, Serena, Serena – elle incarnait tout ce qu'ils avaient jamais désiré.

Non pas qu'ils n'aient jamais eu le cran d'aller lui dire bonjour.

— Pourquoi vous ne prenez pas une chambre au Mandarin, les gars ? C'est qu'à deux pâtés de maisons, plaisanta Serena en rejoignant ses amis sur le banc.

Nate et Olivia levèrent les yeux, l'air heureux et hébété.

— Tu l'as fait, ce truc ? demanda Serena à Olivia sur un ton que seules des meilleures amies peuvent comprendre.

— Oui oui, acquiesça Olivia. Je n'ai pas parlé longtemps, en revanche, parce que Nate écoutait tout.

— Faux ! protesta le jeune homme.

Serena lui jeta un coup d'œil.

— Je voulais juste m'assurer qu'Olivia ne flippait pas trop. J'aurais dû savoir que tu saurais la déstresser.

Olivia but une gorgée de limonade.

— Tu as des nouvelles ?

Serena lui piqua sa limonade.

— Non, pour la cinquantième fois de la journée, je n'ai pas de nouvelles. (Elle but un coup puis s'essuya la bouche sur la manche de sa blouse Tocca rose clair.) Et toi ?

Olivia fit un signe de dénégation. Puis une idée lui vint.

— Hé ! Pourquoi on ouvrirait pas nos lettres ensemble ? Vous savez, pour qu'on puisse, genre, tous flipper en même temps ?

Serena but une autre gorgée de limonade. Ça lui paraissait être la pire idée qu'elle ait jamais entendue mais elle serait prête à se faire arracher les yeux pour faire plaisir à son amie.

— OK, acquiesça-t-elle, la mort dans l'âme.

Nate garda le silence. Jamais de la vie il ne prendrait part à cette petite fête. Pas moyen. Il proposa sa flasque à Serena.

— Tu en veux ?

La jeune fille fronça son nez parfait et agita ses orteils non vernis.

— Nan. Je suis en retard pour mon soin des pieds. A plus, les mecs !

Puis elle s'en alla vers le sud, en direction de la sortie du parc, emportant la cannette de limonade à moitié vide.

Elle avait l'habitude de piquer des choses sans même s'en rendre compte. Limonade, garçons…

d sauve v, ou le contraire

Vanessa attendit patiemment que Chuck Bass ajuste le collier rouge autour du cou de son singe des neiges afin que le *S* monogrammé soit visible. Chuck avait rejoint la fontaine sans se presser juste après le départ d'Olivia. Sans même dire bonjour, il s'était tranquillement installé sur la serviette avec son singe et s'était mis à parler.

« L'Université de New York a intérêt à accepter ma candidature, putain, parce que je veux rester dans l'appart que mes parents viennent de m'acheter. Comme ça, Sweetie et moi on sera pas séparés. (Le jeune homme passa les mains sur le court pelage blanc de l'animal, la bague monogrammée en or à son auriculaire étincelant au soleil.) Je sais que ce n'est qu'un singe mais c'est mon meilleur ami.

Vanessa zooma sur le logo Prada des sandales en cuir noir de Chuck. Les ongles de ses orteils étaient fraîchement polis et un anneau en or fin pendillait lâchement à sa cheville au bronzage d'institut de beauté. La candidature anticipée de Vanessa à NYU avait été acceptée au mois de janvier. L'idée que ce type et elle puissent se retrouver dans la même classe l'an prochain était plus que gonflante.

« Évidemment, où que j'aille, je louerai une piaule, poursuivit Chuck, mais le décorateur vient juste de refaire mon appartement en Armani Casa et c'est vrai, merde, qui voudrait vivre dans un putain de bled comme Providence, Rhode Island ? »

Daniel Humphrey jeta les vestiges de sa Camel sur un tas de feuilles vertes mouillées au bord de la promenade. Zeke Freedman et une bande d'autres élèves de Riverside Prep jouaient au roller-hockey[1] et, l'espace d'une brève seconde, il envisagea de se joindre à eux. Après tout, Zeke était son meilleur pote – avant que Dan ne sorte avec Vanessa Abrams, son autre meilleure amie. À présent, il était carrément sans ami, et depuis un bail. Il tourna les talons, alluma une autre Camel et poursuivit sa balade rituelle en solitaire dans le parc après les cours.

Bethesda Fountain en une journée ensoleillée n'était franchement pas son truc – trop de sportifs déchirés courant torse nu et de filles bronzées en bikinis Missoni écoutant leur iPod – mais c'était une belle journée et il n'avait nulle part ailleurs où aller.

Il y avait sa petite sœur Jenny et Elise Wells, sa copine de Constance Billard, qui se vernissaient mutuellement les ongles des orteils. Il y avait Chuck Bass, le connard de sa classe de Riverside Prep, vautré au pied de la fontaine, son singe sur les genoux, parlant à…

Dan passa une main tremblante dans sa coupe de cheveux de poète branché qui repoussait et tira une longue taffe sur sa cigarette. Vanessa détestait le soleil et haïssait encore plus les types comme Chuck Bass mais elle serait prête à tout et n'importe quoi pour réaliser un bon film. Cette volonté de souffrir pour leur art était l'une des nombreuses choses que tous deux avaient en commun.

Farfouillant dans sa besace, il en sortit un stylo et le calepin de cuir noir qui ne le quittaient jamais pour griffonner quelques vers sur la façon dont Vanessa avait usé les bouts de ses bottes jusqu'à ce que le métal transparaisse au travers. Peut-être était-ce le début d'un nouveau poème.

Noir
Bottes au bout en fer
Pigeons morts
Pluie sale

1. Hockey sur patins à roulettes. *(N.d.T.)*

— Je tourne un documentaire, si tu veux être dedans, lui cria Vanessa, coupant Chuck en plein milieu d'une phrase.

Dan portait un maillot de corps blanc plein de brûlures de cigarettes et un baggy brun clair en velours côtelé. C'était bien le poète échevelé et débraillé qu'elle avait toujours connu et aimé. Après que son poème *Salopes* a été publié dans le *New Yorker*, Dan avait commencé à accorder plus d'attention à son look, à acheter des vêtements dans des boutiques françaises telles que Agnès B et APC. Et pile à la même époque, il s'était mis à tromper Vanessa avec cette putain de poétesse anorexique aux dents jaunes, Mystery Craze. Mais celle-ci appartenait au passé et peut-être que le bon vieux Dan était de retour pour de bon.

L'idée de s'asseoir et de parler à Vanessa en tête-à-tête troublait quelque peu le jeune homme, mais s'ils se concentraient sur le film, ils n'auraient vraisemblablement pas à déterrer tous les détails sordides du passé. Dan jeta un œil à Chuck qui coiffait son singe avec une brosse en écaille rose pour enfants.

— Est-ce que tu… ?

— C'est fini, fit Vanessa en congédiant Chuck. Reviens quand tu auras du nouveau.

Elle n'était naturellement pas obligée de le préciser. Chuck reviendrait. Ils reviendraient tous. C'était plus fort qu'eux. Pousser les égocentriques à faire des révélations sur eux-mêmes était tellement facile que ça aurait dû être interdit.

— Mais je n'ai pas encore parlé du publiciste que j'ai embauché pour Sweetie, rétorqua Chuck en faisant la moue. Nous allons le faire passer à la T. V…

— Garde ça pour plus tard, aboya Vanessa.

Elle tira sur la manche de sa chemise noire et fit mine de jeter un œil à sa montre, bien que Dan sût parfaitement qu'elle n'en portait pas.

— Suivant !

Chuck se leva et s'en alla d'un air digne, son singe sur son épaule. Les paumes dégoulinant de sueur, Dan prit sa place.

— Sur quoi porte le film ? demanda-t-il.

Une fille qui flemmardait près de la fontaine fit tomber son briquet et Vanessa le lui renvoya d'un coup de pied.

— Je ne sais pas encore. Enfin si, il porte sur tous ceux qui pètent un câble en ce moment. Tu sais, à cause de la fac et tout et tout, expliqua-t-elle. Mais pas que sur *ça*.

— Hum hum, acquiesça Dan.

Rien de ce que faisait Vanessa n'était jamais aussi simple. Il chercha ses Camel dans son sac et en alluma une autre.

— C'est vrai que ces derniers temps j'attends le courrier avec impatience, reconnut-il.

Vanessa regarda dans sa caméra et commença à enregistrer. Le visage pâle de Dan paraissait si vulnérable au soleil qu'il était difficile de croire qu'il l'avait trompée – qu'il était capable de quoi que ce soit de nuisible.

— Continue.

— Je crois que ce qui m'emmerde le plus, c'est d'entendre les mecs de ma classe me dire : « Vieux, tu vas me manquer l'an prochain. »

Dan tira une longue taffe sur sa cigarette. Le blanc-pomme de l'intérieur du bras de Vanessa lui fit oublier de quoi il parlait. *Blanc-pomme*, c'était super.

— Continue, le poussa Vanessa.

Dan souffla de la fumée en plein dans la caméra.

— Je ne manquerai à personne, et personne ne me manquera, à part mon père et peut-être ma sœur.

Il marqua une pause et déglutit. *Et toi et tes bras blanc-pomme*, voulut-il ajouter mais il décida qu'il ferait mieux de l'écrire.

Vanessa tenta de rester calme mais le petit discours débile de Dan l'avait touchée, même sans l'allusion à ses bras.

— Je ne manquerai à personne moi non plus, déclara-t-elle en gardant son visage bien collé au viseur afin que leurs regards ne puissent se croiser.

Dan fit tomber sa cendre par terre et la frotta avec le talon de l'une de ses Puma bleues tout éraflées. Ça faisait bizarre de parler à Vanessa de si loin alors que, à peine plus d'un mois plus tôt, ils étaient amoureux et qu'elle l'avait dépucelé.

— Tu *me* manqueras, ajouta-t-il tranquillement. Tu me manques déjà.

Pourquoi fallait-il qu'il soit aussi craquant ?

Vanessa éteignit la caméra avant d'être tentée d'ajouter autre chose de trop suggestif.

— J'ai plus de batterie, lança-t-elle d'un ton brusque. Tu devrais peut-être revenir un autre jour, ajouta-t-elle, en espérant ne pas toujours avoir l'air aussi salope.

Dan se releva et balança sa besace sur son épaule.

— C'est bon de te voir, répondit-il dans un sourire timide.

Incapable de se retenir, Vanessa lui rendit son sourire.

— Toi aussi. (Elle hésita.) Tu me promets que tu reviendras quand tu auras du neuf ?

C'était plutôt sympa de la revoir sourire.

— Je te le promets, répondit-il, sincère, avant de repartir sur la promenade en bondissant.

Peut-être ne réglait-elle que l'objectif, mais visiblement Vanessa matait aussi ses fesses dans la caméra.

oh, être jeune et insouciante

— Trop sympa de la part de ton frère Daniel de s'être arrêté pour nous dire bonjour, fit remarquer Elise Wells d'un ton sarcastique à Jenny Humphrey. (Elle étira ses longs bras parsemés de taches de rousseur au-dessus de sa tête puis les laissa retomber sur ses côtes.) Je suis sûre qu'il a peur de moi.

Jenny ôta ses pieds des genoux de son amie et examina ses orteils fraîchement vernis. Elise avait étalé du vernis rouge pomme MAC New York sur son petit orteil où l'ongle était hyper-minuscule et on aurait dit qu'elle avait matraqué son pied à coups de marteau.

— Dan se comporte bizarrement ces derniers temps, constata-t-elle. Et désolée de te le dire mais je ne crois pas que ça ait quelque chose à voir avec toi. Il est censé recevoir les réponses des universités cette semaine.

Les deux filles étaient assises en face de la Bethesda Fountain où Vanessa avait installé sa caméra. Jenny se protégea les yeux du soleil et regarda attentivement le bord de la fontaine pour voir ce qui se passait.

Vanessa filmait Nicky Button à présent, une autre terminale de Constance Billard. Chacun savait qu'elle s'était fait refaire le nez deux fois. Si vous compariez sa photo sur les annuaires des trois dernières années, c'était clair de chez clair.

— Elle interviewe juste les terminales, constata Elise. (Elle replaça ses épais cheveux blonds raides comme de la paille derrière ses oreilles recouvertes de taches de son.) Je lui ai demandé à la récré.

Jenny se rembrunit. Pourquoi étaient-ce toujours les terminales qui faisaient tous les trucs cool ? Elle redescendit son soutien-gorge qui remontait systématiquement sous ses bras. Des filets de sueur s'étaient formés dans les bonnets, lui donnant davantage l'impression de porter un maillot trempé que l'un de ces soutiens-gorge de maintien optimum hyperconfortables pour femmes à forte poitrine.

— Ce n'est pas comme si je voulais apparaître dans son film débile de toute façon, marmonna-t-elle.

— Bien sûr, se moqua Elise. Genre, tu n'essaies pas tout le temps de copier ce que fait Serena van der Woodsen ?

Méchant, vous avez dit méchant ?

Jenny serra ses genoux contre sa poitrine et jeta un regard mauvais à Elise, sur la défensive. Était-elle un top model à la renommée internationale ? Était-elle blonde ? Portait-elle un trench Burberry lui arrivant aux genoux et fumait-elle des cigarettes importées de France ? Se baladait-elle avec l'air de celle qui ne sait rien de rien alors que tous les garçons la mataient, langue pendante ? Était-elle en secret la fille la plus intelligente de sa classe ? Non !

En fait si, Jenny *était* la fille la plus intelligente de sa classe mais ce n'était un secret pour personne.

— Dis-moi une chose que j'ai faite comme Serena.

Elise déboucha le petit flacon de vernis posé sur le bord de la fontaine et entreprit de s'en appliquer sur les ongles. La couleur criarde détonnait sur sa peau claire parsemée de taches de rousseur.

— Ce n'est pas vraiment ce que tu as *fait*... (Sa voix s'estompa.) C'est juste que tu te la joues tout le temps *superpote* avec elle pendant nos groupes de discussion. Tu sais, genre tu veux que tout le monde sache que tu es supercopine avec ce *top model*. Et tu essaies tout le temps des fringues branchées dans les magasins, comme si tu avais l'occasion de les porter un jour, comme Serena.

Elle ne prit même pas la peine de faire allusion au bref flirt de Jenny avec Nate Archibald, cas typique de la collégienne qui tombe raide dingue du mec plus âgé. Trop gênant pour le mettre sur le tapis.

Un ballon de foot surgit brusquement de nulle part et rebondit sur la tête de Jenny.

« Aïe ! » s'exclama-t-elle, en colère, le visage cramoisi. Elle se leva et enfila les mules DKNY en daim rose qu'elle avait achetées lors des derniers soldes chez Bloomie, salopant encore plus ses orteils pas encore secs.

— Je ne sais pas quel est ton problème, lança-t-elle à Elise d'un ton sec, mais je préfère encore traîner avec mon cinglé de frère que t'écouter me critiquer.

Elise, hyperexaspérante, continuait à se vernir les ongles.

— Très bien, râla Jenny en descendant les marches d'un pas lourd et en s'éloignant de la fontaine en direction de Central Park West. *Copier Serena*, se moqua-t-elle, ses prodigieux doubles bonnets D rebondissant à chaque marche qu'elle descendait. *Comme si je pouvais lui arriver à la cheville...*

Mais Jenny n'était pas du genre à prendre les défis à la légère et rien ne lui ferait plus plaisir que de prouver à Elise qu'elle n'était pas qu'un clone de Serena, une pâle copie qui tentait désespérément de lui ressembler et échouait systématiquement. Un garçon la siffla lorsqu'elle passa devant lui, et elle dégagea ses cheveux châtains frisés de son visage, feignant de l'ignorer. D'accord elle ne mesurait pas un mètre quatre-vingts, n'était ni blonde ni sublime, mais les garçons la sifflaient tout de même. Ce qui signifiait qu'elle avait *quelque chose*, pas vrai ? Et tous les mannequins n'étaient pas forcément blonds et grands. Elle leva le menton, prit une démarche affectée et se pavana, imitant les tops dans les défilés qu'elle regardait sur Metro Channel. Elise s'en mordrait les doigts lorsqu'elle verrait le visage de Jenny dans les pages de *Vogue* et de *Elle*. Elle ferait un tel tabac que même Serena serait jalouse.

Encore que Serena ne risquât pas d'être jalouse du tas de crottes de chien dans lequel Jenny faillit marcher en essayant d'être la future Gisele Bundchen.

gossipgirl.net

thèmes ◀ précédent suivant ▶ envoyer une question répondre

Avertissement : tous les noms de lieux, personnes et événements ont été modifiés ou abrégés afin de protéger les innocents. En l'occurrence, moi.

salut à tous !

LA PIRE IDÉE DU MONDE

Alors comme ça on est déjà jeudi et personne n'a encore de nouvelles. Ouh, ouh ??? Et tout ça à cause de cette idée débile et agaçante des services postaux américains. Apparemment, l'an dernier à la même époque, ils ont reçu des millions de coups de fil de futurs étudiants, les accusant d'avoir perdu leurs lettres d'admission et même essayé d'en lire le contenu. Franchement, comme si un facteur en avait quelque chose à foutre de savoir si vous rentrez à Princeton ou pas. De fait, cette année, ils ont décidé d'essayer un truc qui s'appelle le Groupement National pour les Lettres d'Admission à l'Université, qui a l'air bien plus intelligent de nom qu'il ne l'est en réalité. En gros, toutes les facs sont obligées d'envoyer leurs réponses par paquets en fonction du code postal pour que le bureau de poste puisse toutes les distribuer en même temps. Comme si on ne souffrait pas déjà assez. Bref, d'après la rumeur, les paquets sont partis lundi et vu que l'on vit pratiquement tous dans la même zone postale, nous devrions recevoir les nôtres, genre… *AUJOURD'HUI !!!!*

VOS E-MAILS

Q: Chère GG,
Tu déchires trop ! Pour info, tout le monde : Fête au resto de mon père ce soir. True West, Pier Hotel, dernier étage,

West Street. J'ai aussi réservé quelques suites à l'hôtel, comme ça il y aura plein de place pour se défouler. Restez cool.
— Jay

R: Cher Jay,
Non, c'est *toi* qui déchires. À ce soir !
— GG

ON A VU

O, harceler son facteur. C'est à cause de gens comme elle qu'on souffre tous en ce moment. **S**, lire les petites annonces de ***Time Out*** pendant son soin des pieds au **Mandarin Oriental Spa**. Chose intéressante, elle était captivée par la rubrique « Femme Cherche Femme ». **D,** assis par terre dans l'entrée en marbre de son immeuble, juste sous les boîtes à lettres, écrivant furieusement dans son petit calepin noir. J'imagine que la pression le gagne lui aussi. **N,** boire des whiskies à l'eau avec ses parents au **Yale Club**. On fête quoi si tôt ? **J,** acheter un tas d'un mètre de haut de magazines de mode au kiosque du coin. Fait-elle des recherches pour une disserte pour l'école ou juste des collages ? Et **V**, interviewer tout le monde et personne. Ça va être un film-confession trash et chiant.
Si vous avez un gros chien qui aime mordre les facteurs, veuillez le tenir en laisse.
Et souvenez-vous, tout le monde, on est tous dans la même galère.

Vous m'adorez, ne dites pas le contraire.

gossip girl

à vos marques, prêts, ouuuvrez !

— Oh mon Dieu, je ne peux pas respirer, haleta Olivia d'un ton théâtral. (Elle serra contre son ventre l'un des oreillers garni d'épis d'orge de son demi-frère Aaron.) Je vais vomir.

Ce ne serait pas la première fois.

— Calme-toi, la conseilla Serena, disposant deux petits tas d'enveloppes kraft, blanc et crème, sur le dessus-de-lit de chanvre aubergine d'Aaron.

Son intuition dans le parc l'autre jour sur cette petite fête d'ouverture de lettres avait été hyperjuste. Olivia avait l'esprit de compétition bien trop acéré pour aborder toute cette histoire avec classe.

— Je vais mourir, gémit Olivia en agrippant son estomac.

Les deux filles étaient assises en tailleur sur le lit d'Aaron, dans sa piaule qui était en fait celle d'Olivia jusqu'à ce qu'elle entre à l'université. Sa vraie chambre avait été transformée en nursery pour Yale, sa demi-sœur qui devait naître en juin. Aaron s'était installé avec Tyler, le petit frère d'Olivia. Celle-ci détestait le décor écolo de cette turne et l'odeur tenace de hot dogs au soja rassis et de cigarettes aux plantes. Elle envisageait même de faire une pétition pour obtenir une suite au Carlyle Hotel sur Madison, au moins jusqu'au bac.

Y a mieux comme décor pour un rendez-vous « ça y est on concrétise notre entrée à Yale » avec Nate ! Mais chaque chose en son temps : elle devait d'abord y être admise.

Sur le lit, entre les deux amies, trônaient deux tas d'enveloppes retournées, de sorte à ce que les adresses des expéditeurs soient cachées. Le tas d'Olivia en comportait sept et celui de Serena, cinq. Et pourtant son tas était plus haut. Cela ne faisait aucun doute : les enveloppes de Serena étaient étrangement plus grosses.

— OK, prête ? demanda Serena.

Elle tendit le bras de l'autre côté du lit pour serrer la main de son amie en guise de bonne chance.

— Attends !

Olivia attrapa la bouteille de vodka Ketel One qu'elle avait piquée dans la table de nuit de son beau-père et l'ouvrit avec les dents.

— Plus tu fais traîner, plus ce sera difficile, répliqua Serena, commençant à perdre patience.

Olivia but un coup puis ferma les yeux et attrapa la première enveloppe sur le tas.

— Et merde ! OK, on y va !

Craaaaac !

Chère mademoiselle Waldorf,

Après examen de votre candidature, le Bureau des admissions a le regret de vous informer que nous ne pourrons vous accueillir à l'université de Harvard à la rentrée prochaine.

Craaac !

Chère mademoiselle van der Woodsen,

Après examen de votre candidature, le Bureau des admissions a le plaisir de vous accueillir à l'université de Harvard…

Craaaac !

Chère mademoiselle Waldorf,

Merci pour votre candidature. L'université de Princeton a eu une très forte demande de candidats cette année. Une admission est une décision toujours difficile à prendre. Nous avons le regret de vous informer que nous ne pouvons vous accueillir en première année de…

Craaac !

Chère mademoiselle van der Woodsen,

Merci pour votre candidature remarquable. L'université de Princeton a le plaisir de vous accueillir en première année de...

Craaac !

Chère mademoiselle Waldorf,

Nous avons le regret de vous informer que l'université de Brown n'est pas en mesure de...

Craac !

Chère mademoiselle van der Woodsen,

Votre candidature a impressionné le Bureau des admissions. Nous avons le plaisir de vous inviter à vous inscrire à l'université de Brown en première année de...

Craac !

Chère mademoiselle Waldorf,

Après examen de votre candidature, nous avons décidé de ne pas vous accueillir à Wesleyan l'automne prochain. Nous vous souhaitons bonne chance.

Craac !

Chère mademoiselle van der Woodsen,

Le Bureau des admissions de l'Université de Wesleyan se réjouit de vous accueillir en...

Craac !

Chère mademoiselle Waldorf,

La faculté de Vassar étant une petite structure, nous ne pouvons accepter qu'un nombre limité de candidats. Nous avons le regret de vous informer que nous ne pouvons vous accueillir à Vassar à la rentrée universitaire.

Craaac !

Chère mademoiselle van der Woodsen,

Merci pour votre candidature à l'université de Yale. Nous avons le grand plaisir de vous inviter à vous inscrire en première année de...

Craac !

Chère mademoiselle Waldorf,

Merci pour votre candidature à l'université de Yale. Le Bureau des admissions a mis votre nom sur liste d'attente. Le Bureau vous informera de votre situation le 15 juin au plus tard.

Craac !

Chère mademoiselle Waldorf,

Après examen de votre candidature, nous avons le grand plaisir de vous accueillir à l'université de Georgetown à la rentrée prochaine.

Olivia jeta la dernière lettre sur le dessus-de-lit et s'empara de la bouteille de vodka. Sur liste d'attente à Yale et seulement admise à Georgetown ? Mais ce n'était qu'*une roue de secours* ! Jamais de la vie elle n'avait cru qu'elle atterrirait là-bas.

Bois un coup et réfléchis, ma belle.

Elle but une gorgée paniquée puis tendit la bouteille à Serena.

— Alors ? lui demanda-t-elle.

Serena comprit à l'expression effrayante sur le visage de son amie que les nouvelles n'étaient pas bonnes. Elle ne savait que dire.

— Euh... je suis... admise... euh... presque... partout ?

Olivia, incrédule, fixa la liasse de lettres d'admission dans les mains de Serena. Au-dessus se trouvait un courrier couleur crème estampillé de l'en-tête bleu « Université de Yale », reconnaissable entre mille. Sa vue se troubla.

— Attends, tu as postulé à Yale ?

Serena hocha la tête.

— Au dernier moment, je me suis dit, pourquoi pas ? tu sais.

— Et tu es admise ?

Serena hocha de nouveau la tête.

— Désolée.

Elle attrapa la télécommande et alluma la TV d'Aaron. Puis

l'éteignit. La façon dont son amie la regardait, méchamment, en montrant les dents, la rendait nerveuse.

Olivia continuait à la fixer d'un œil mauvais. En C.P., elle avait accidentellement coupé une mèche de trente centimètres des longs cheveux dorés de Serena avec un couteau à steak. Pendant toutes ces années, elle avait culpabilisé – jusqu'à aujourd'hui. À présent, elle regrettait de ne pas avoir coupé toute sa putain de tête blonde. Elle saisit la bouteille et lampa une autre gorgée furieuse de vodka. Qu'avait *Serena* de plus qu'elle ? Elle était première de sa classe à Constance Billard et suivait tous les cours avancés qu'ils proposaient. Elle avait assuré comme une bête aux examens d'entrée à l'université. Elle participait à des œuvres de charité. Elle dirigeait le club de français. Elle était une joueuse de tennis classée. Pendant toutes ses années lycée – presque toute sa vie – elle avait œuvré pour entrer à Yale. Son père y était allé. Son *grand-père* aussi. Son grand-oncle avait fait don de deux bâtiments et d'un terrain de sport. Serena s'était fait virer du pensionnat cet automne. Elle ne suivait aucun cours avancé, ne pratiquait presque aucune activité extrascolaire et prétendait avoir des notes médiocres et des résultats aux examens d'entrée à l'université encore pires que ceux de Nate. Le père de Serena était allé à Princeton et à Brown, deux des plus grands concurrents de Yale ! Et pourtant Yale avait accepté Serena et collé Olivia sur sa putain de liste d'attente ! Serena savait-elle quelque chose qu'elle ignorait, même après douze séances de deux heures avec madame Gloss, la conseillère d'orientation coincée à moumoute de Constance Billard, et cent quatorze semaines de préparation aux examens d'entrée à l'université ??

— J'irai probablement pas, bafouilla Serena dans l'espoir de dédramatiser les choses. Je dois… tu sais… visiter toutes les facs avant de me décider.

Elle rassembla ses somptueux cheveux blonds au-dessus de sa tête et fronça les sourcils.

— Si ça se trouve, je n'irai même pas à la fac, d'ailleurs. Je pourrais rester ici et essayer de faire du cinéma ou des photos de mode.

Olivia descendit du lit d'un coup et éparpilla sa pile de lettres de refus. Alors comme ça Serena était admise à Yale mais ne daignait même pas y entrer ? « Putain, fais chier ! » s'écria-t-elle en renversant de la vodka sur le tapis en algues naturelles.

Serena ramassa ses lettres et les mit derrière son dos.

— Et les autres facs ? Tu dois avoir…

Brusquement, Aaron Rose, le demi-frère d'Olivia, passa sa tête béate de rasta dreadlocké admis-en-avance-à-Harvard dans la chambre.

— J'ai cru entendre crier. (Il regarda les lettres dans la main de Serena en plissant les yeux.) Reçue à Harvard ! (Il entra dans la chambre et leva la main pour taper dans la sienne en signe de victoire.) *Génial* ! (Il gratifia ensuite sa demi-sœur d'un grand sourire.) Et toi, frangine ?

Olivia hésitait entre les tuer tous les deux ou se suicider.

— Je suis pas ta frangine, cracha-t-elle. (Elle reposa violemment la bouteille de vodka à moitié vide sur la commode en hêtre bio du jeune homme et faillit la briser.) Mais puisque vous avez l'air tous les deux aussi intéressés, je suis sur cette putain de *liste d'attente* à Yale. La seule fac qui m'ait acceptée, c'est Georgetown. Cette putain de Georgetown de merde à la con !

Serena et Aaron la dévisagèrent un instant, les yeux écarquillés dans un mélange d'incrédulité et de crainte du Puissant Courroux d'Olivia.

— C'est pas si nul, finit par murmurer Serena.

Elle ne savait pas grand-chose de Georgetown mais avait rencontré des beaux gosses qui y allaient et ça pourrait être plutôt cool de vivre dans la même ville que le président.

— Je suis sûre que Yale joue les difficiles, c'est tout. Et si jamais tu n'y entres pas, au moins tu as une solution de repli.

Facile pour Serena de parler de solution de repli lorsque les siennes étaient Harvard ou Brown. Olivia enfila ses nouvelles ballerines Eugenia Kim gris perle et attrapa à la va-vite son cardigan noir zippé DKNY sur le lit.

— Allez, Olivia, joue pas les losers en pétard ! New Haven, c'est un bled paumé de toute façon, tu aurais sûrement détesté. (Aaron mit ses pouces de guitariste calleux dans les poches de son treillis vert armée.) Au moins ils ont un Prada à Washington DC.

Naturellement le seul mot qu'Olivia avait entendu était *loser*.

— Allez vous faire foutre ! leur siffla-t-elle avant de sortir d'un pas lourd, direction la maison de Nate.

Il y avait de fortes chances que Nate n'ait été accepté que dans une fac merdique de fumeurs de joints, genre Hobart ou UNH. Au moins, il compatirait.

Il compatirait même sûrement au lit. Comme si elle était un tout petit peu d'humeur à ça.

*les nouvelles de **n** sont trop bonnes pour qu'il les partage*

Il n'y avait personne chez lui mais, par pure habitude, Nate fourra une serviette de bain Ralph Lauren bleu marine roulée dans l'espace entre le sol en bois dur et la porte de sa chambre fermée, puis s'assit sur son dessus-de-lit écossais vert et noir et s'alluma un joint. Il tira une longue taffe, attrapa la première enveloppe du petit tas sur sa table de nuit et l'ouvrit d'un coup.

Cher monsieur Archibald,
L'université de Brown a le plaisir de vous proposer…

Et de une !

Nate jeta la lettre sur son lit, reprit une taffe et déchira la deuxième.

Cher monsieur Archibald,
Après examen de votre candidature, le Bureau des admissions aimerait vous inviter à vous inscrire à l'université de Boston en première année de…

Et de deux !

Il suçota son pétard puis le posa en équilibre sur le bord de sa table de nuit. Enveloppe suivante.

La faculté de Hampshire a dû faire face à une demande de candidats fort intéressants cette année. Vous vous êtes distingué des autres. Monsieur Archibald, nous avons le plaisir de vous accueillir à la rentrée…

Et de trois !

Dernière enveloppe – il n'avait pu poser sa candidature que dans quatre universités.

Merci pour votre candidature. Le Bureau des admissions de l'université de Yale a le plaisir de vous accueillir en première année de…

Et de quatre, bordel de merde !

Nate avait hâte de l'annoncer à Olivia. Ils pourraient aller à Yale ensemble, vivre dans la résidence universitaire réservée aux couples mariés exactement comme elle en avait toujours rêvé. Ils pourraient même prendre un chien, peut-être. Un danois.

Il passa en revue la paperasserie contenue dans les enveloppes. Les lettres d'admission à Brown et Yale étaient accompagnées de courrier des entraîneurs de lacrosse lui promettant une place dans leur équipe. « Nom de Dieu ! » s'exclama Nate. Ils ne voulaient pas tout bêtement de lui. Ils *mouraient* d'envie de l'avoir.

Bienvenue au club !

Il attrapa son téléphone portable et allait appuyer sur la touche de numérotation rapide de la ligne privée d'Olivia lorsque celui-ci sonna dans sa main. Le nom de la jeune fille apparut sur le petit écran du mobile.

— Salut ! J'allais t'appeler, gloussa Nate. Alors ? Comment ça s'est passé ?

— Fais-moi entrer, répondit Olivia d'un ton sec. Je suis genre à deux pas de chez toi.

Hum, hum.

Nate se lécha les doigts et serra le bout brûlant de son pétard jusqu'à ce qu'il s'éteigne. Puis il vaporisa un peu d'eau de Cologne Eau d'Orange Verte de Hermès dans l'air pour désodoriser la pièce. Non pas qu'il essayât de cacher complètement qu'il fumait de l'herbe ; il ne désirait tout simplement pas que l'odeur débecte Olivia.

La sonnette de la porte d'entrée retentit, il appuya sur le bouton de l'interphone. « Je suis dans ma chambre », dit-il dans le vidéophone high-tech. « Monte. »

Sur son lit se trouvaient ses quatre lettres d'admission. Il les rassembla, pressé d'annoncer la supernouvelle à sa copine : ils iraient tous les deux à Yale ! Cette montée de hasch avait toujours le don de l'exciter. Peut-être qu'Olivia serait enfin prête à baiser, et ils pourraient fêter ça comme il se devait, tout nus.

Ou peut-être pas.

La maison de Nate était encore plus belle que celle d'Olivia – après tout c'était une *vraie* maison avec un jardin et tout et tout, et depuis qu'il était enfant, Nate possédait même son étage à lui. Mais l'escalier avait toujours gonflé Olivia. Ses parents ne pouvaient-ils pas installer un escalator ?

— Je vais mourir, geignit-elle dès qu'elle parvint au dernier étage. (Elle entra dans la chambre en titubant et s'affala sur le ventre sur le lit. Puis elle se retourna et fixa le ciel bleu par la lucarne au plafond.) Si seulement j'étais morte, au moins.

Il y avait de fortes probabilités qu'Olivia ne fût pas censée vouloir mourir si elle avait été acceptée à Yale. Nate glissa sa lettre d'admission sur son bureau et s'assit à côté d'elle. Tout doucement il passa son pouce sur sa joue douce et parfaite.

Merci, crème La Mer pour la peau.

— Que se passe-t-il ? demanda-t-il gentiment.

— Cette conne de garce de Serena est admise à Yale et dans toutes les autres putains de facs où elle a postulé et moi, je suis juste acceptée dans cette putain de fac de Georgetown. Yale m'a foutue sur *liste d'attente* et toutes les autres m'ont jetée.

Olivia se retourna et fourra son visage contre la jambe de Nate. Aujourd'hui était le jour où elle était supposée perdre sa virginité mais maintenant, c'était hyperclair : elle était une trop grosse loser pour *jamais* coucher avec un garçon.

— Oh, Nate, qu'est-ce qu'on va faire ?

Nate ne sut que répondre. Une chose était sûre : il ne risquait pas de lui annoncer que lui aussi avait été admis à Yale. Elle pourrait bien l'étouffer avec un oreiller, genre.

— Je connais un tas de mecs qui étaient sur liste d'attente l'an dernier. La plupart ont fini par être admis, lança-t-il.

— Ouais, mais pas à *Yale*, marmonna Olivia. Toutes les facs de merde ont des listes d'attente superlongues parce que tous les élèves qui s'en servent comme solution de repli décident de ne pas y aller au final.

— Oh.

Du Olivia tout craché. Pour elle, une fac de merde, c'étaient toutes les facs, à part Yale.

— Yale sait que presque tous ceux qu'ils acceptent vont y entrer et donc leur liste d'attente comporte probablement genre deux personnes. Et ces deux personnes n'y entreront *jamais*, c'est clair. (Elle poussa un soupir théâtral.) Et merde !

Puis elle s'assit et ôta d'une pichenette une peluche sur son jean Seven.

— Et toi alors ? Dans quelle fac tu as été reçu ?

Nate savait que c'était nul de faire des cachotteries à sa petite copine – à la fille qu'il aimait – mais il ne pouvait pas supporter de lui briser le cœur.

Ou de la mettre tellement en rogne qu'elle refuserait de coucher avec lui ?

— Euh… bâilla-t-il comme si c'était la conversation la plus chiante du monde. Hampshire. BU. Brown. C'est tout.

Ainsi il avait *oublié* de mentionner Yale. Ce n'était pas la même chose que mentir, hein ?

Euh, vraiment ?

Olivia fixa d'un air glacial le sol de bois dur, faisant tourner son rubis autour de son doigt si vite que ça donnait le tournis à Nate. Il s'allongea à côté d'elle et enveloppa sa taille de ses bras.

— Georgetown est une bonne fac.

Le corps d'Olivia était tout raide.

— Mais c'est si loin de Brown, se plaignit-elle.

Nate haussa les épaules et entreprit de masser le point entre ses omoplates.

— Peut-être que j'irai à BU. Je parie qu'il y a une navette qui relie Boston à Washington.

Les yeux d'Olivia s'emplirent de larmes et elle donna un coup dans le matelas avec ses talons.

— Mais je veux pas aller à Georgetown ! Je *déteste* Georgetown !

Nate tira sa tête vers sa poitrine et l'embrassa dans le cou. Voilà des mois qu'Olivia et lui ne s'étaient pas trouvés sur ce lit et il commençait à être hyperexcité.

— Es-tu allée la visiter ?

A vrai dire, Olivia n'avait visité aucune université, à part Yale.

— Non, reconnut-elle.

Il fit passer sa langue sur le lobe de son oreille. L'odeur de pêche de son shampooing lui donnait faim.

— J'ai rencontré un tas de nanas cool de Georgetown. Tu devrais y aller. Peut-être même que tu la préférerais à Yale, dit-il, la voix étouffée, fourrant son nez dans son cou.

— Bien, rétorqua Olivia d'un ton amer.

Elle avait vaguement conscience que Nate voulait baiser avec elle mais elle était tellement énervée que la seule chose qu'elle sentait était sa salive dans son oreille. Nate retomba sur le lit et la fit venir sur lui. Ses yeux étaient fermés et ses lèvres collées, dans un sourire défoncé, heureux et tout excité.

— Mmmmm, gémit-il, appréciant son poids sur lui.

— Je veux tellement entrer à Yale, murmura Olivia.

Ensuite elle pourrait se déshabiller et ils le feraient, enfin, comme elle l'avait toujours imaginé. Elle fourra sa tête sous le menton de Nate et respira sa bonne odeur de fumée. Tout ce dont elle avait besoin pour l'instant, c'était d'un gros câlin. Le sexe attendrait.

Nate ouvrit les yeux et soupira bruyamment. *Coitus Interruptus, Partie XX*, produit spécialement pour lui par Olivia Waldorf.

Comme s'il *méritait* franchement de coucher avec elle.

— Promets-moi que tu iras jeter un œil à Georgetown, dit-il, s'efforçant de passer pour le petit copain superréconfortant et non pour un fils de pute menteur.

Olivia l'étreignit bien fort. Sa vie était un misérable enfer et sa meilleure amie, une salope hypocrite, mais au moins elle avait Nate – l'adorable, le bienveillant, l'honnête Nate. Et il avait raison.

Visiter Georgetown ne lui ferait pas de mal. Au point où elle en était, elle ferait n'importe quoi.

— OK, je te le promets, acquiesça-t-elle.

Nate fourra sa main dans la ceinture de son jean mais elle l'attrapa et la ressortit.

Enfin, *presque* n'importe quoi.

et le gagnant est...

« Il est là ! » entendit Dan murmurer sa petite sœur Jenny dès qu'il referma la porte de l'appartement. « Vite ! »

Il déposa ses clés sur la vieille table bancale dans l'entrée et ôta ses Puma d'un coup de pied. « Ouh, ouh ? » cria-t-il en pénétrant à pas feutrés dans la cuisine où se retrouvait habituellement la famille. Comme à l'accoutumée, Marx, l'énorme chat noir des Humphrey, était vautré sur la table en Formica jaune toute fêlée, la tête posée sur un torchon orange. La tasse de café à moitié vide de Dan était pile à l'endroit où il l'avait laissée ce matin, près du petit nez rose de Marx. Les lumières de la cuisine étaient allumées et un Danone à la myrtille à 0 % à moitié consommé – le préféré de Jenny – trônait sur le bar jaune. Dan tira les oreilles noires du chat. C'était louche : le tas de courrier habituel ne se trouvait pas sur la table et sa frangine était invisible. « Yo ! Y a quelqu'un ? » cria-t-il.

— On est là ! fit sa sœur depuis la salle à manger adjacente.

Dan ouvrit à la volée la porte battante de la salle à manger. Jenny et leur père Rufus étaient assis côte à côte à la vieille table de ferme allemande de Pennsylvanie tout éraflée. Rufus arborait un T-shirt gris bruyère des Mets et sa barbe grise rêche et hirsute avait sérieusement besoin d'un bon démêlage. Jenny portait un dos-nu en soie imprimé tigre hors de prix et ses ongles étaient rouge vif. À la place vide en face d'eux trônaient un tas d'enveloppes, une boîte intacte de beignets au chocolat Entenmann et un gobelet en carton blanc de l'épicerie du coin.

— Assieds-toi, fiston. Nous t'attendions, expliqua Rufus dans un sourire impatient. Nous avons même acheté tes beignets préférés. Aujourd'hui c'est le grand jour !

Dan cilla. Voilà dix-sept ans que son père se plaignait du coût d'élever et d'éduquer deux adolescents ingrats et les menaçait constamment de déménager dans un pays où la médecine et l'éducation étaient financés par l'État. Pourtant il avait envoyé ses enfants dans deux des écoles privées non mixtes les plus chères et les plus compétitives de Manhattan, scotchait leurs brillants bulletins scolaires sur le frigo et les soumettait constamment à de petits quiz sur la poésie et le latin. Il paraissait encore plus stressé par les lettres d'admission à l'université de son fils que celui-ci.

— Vous avez déjà ouvert mon courrier, vous deux ? s'enquit Dan.

— Non. Mais on va le faire si tu te grouilles pas de t'asseoir, répliqua Jenny. (Elle tapota le tas d'enveloppes de son ongle rouge brillant.) J'ai mis Brown au-dessus.

— Super, merci, grommela Dan en s'asseyant.

Comme si tout le procédé n'était pas suffisamment éprouvant pour les nerfs. Il n'avait pas prévu de décacheter son courrier en public.

Rufus attrapa la boîte de beignets et l'ouvrit d'un coup.

— Vas-y, le pressa-t-il avant d'en enfourner un dans sa bouche.

Les doigts tremblants, Dan ouvrit précautionneusement l'enveloppe de Brown et déplia les feuilles de papier à l'intérieur.

— Oh mon Dieu, tu es si cool, fit Jenny d'une voix perçante.

— Qu'est-ce qu'ils disent ? Qu'est-ce qu'ils disent ? demanda Rufus, ses sourcils gris broussailleux se contractant convulsivement d'excitation.

— Je suis reçu, leur annonça tranquillement Dan.

Il tendit la lettre à son père.

— Ça ne m'étonne pas ! jubila Rufus. (Il attrapa la bouteille de chianti à moitié vide de la veille au soir, la déboucha avec les dents et en but une gorgée.) Allez, ouvres-en une autre !

La deuxième était de l'université de New York – NYU – où la candidature anticipée de Vanessa avait été acceptée.

— Je parie que t'es pris, prévint Jenny, exaspérante.

— Chuuuut ! siffla son père.

Dan ouvrit la lettre d'un coup. Il regarda leurs visages pleins d'espoir et annonça d'un ton égal : « Reçu. »

— Youh – ouh ! s'exclama Rufus en applaudissant et en se frappant le torse comme un gorille fier. Bravo !

Jenny attrapa l'enveloppe suivante.

— Je peux ouvrir celle-ci ?

Dan roula des yeux. Avait-il le choix ?

— Bien sûr.

— Université de Colby, lut-elle. C'est où ?

— Dans le Maine, espèce d'ignare, répondit leur père. Veux-tu bien l'ouvrir, s'il te plaît ?

La jeune fille gloussa et glissa son doigt sous le rabat de l'enveloppe. C'était marrant, comme si elle était présentatrice de la cérémonie des Oscars, genre.

— Et le gagnant est... Dan ! Tu es reçu !

— Cool, fit Dan en haussant les épaules.

Il ne s'était même pas rendu dans le Maine pour visiter Colby mais son professeur d'anglais avait insisté comme quoi ils prodiguaient le meilleur programme d'écriture de toute la côte Est.

Jenny attrapa l'enveloppe suivante et l'ouvrit d'un coup, sans même demander la permission au préalable.

— Université de Columbia. Oups. Ils t'ont refusé.

— Salauds, grommela Rufus.

Dan haussa de nouveau les épaules. Columbia proposait un programme prestigieux et exigeant d'écriture créative et elle était si près de chez lui qu'il n'aurait pas eu besoin de vivre en résidence universitaire. Mais vu qu'il se sentait plutôt claustro à l'instant même, envisager de vivre avec son père et sa sœur les quatre prochaines années était plutôt moyen comme option.

La dernière enveloppe était de l'Evergreen College, dans l'État de Washington, si loin qu'elle comportait une espèce d'attrait romantique. Il fit glisser l'enveloppe vers son père et attrapa sa tasse de café gracieusement offerte par la maison.

— Ouvre-la, papa.

— Evergreen ! fit son père d'une voix tonitruante. Nous abandonner pour le Nord-Ouest pacifique ! Sais-tu combien il pleut par là-bas ?

— Papa ! gémit Jenny.

— Très bien, très bien, fit Rufus en ouvrant l'enveloppe, déchirant la lettre par la même occasion. (Il regarda la feuille de papier mutilée en plissant les yeux.) Reçu ! (Il attrapa un autre beignet, le fourra dans sa bouche puis poussa la boîte vers son fils.) Quatre sur cinq – pas trop nul !

— Allons dîner dehors pour fêter ça ! s'écria Jenny en frappant dans ses mains. Il y a un nouveau restaurant sur Orchard Street, censé être vraiment cool. Tous les top models y vont.

Rufus regarda Dan en faisant la grimace.

— Avant que tu n'arrives, ta sœur m'a annoncé qu'elle allait être un supermodèle. Apparemment, d'ici la fin du mois, je voyagerai en jet et j'achèterai des chevaux de course et des bateaux avec tous les millions qu'elle gagnera. (Il désigna sa fille d'un doigt plein de chocolat.) Tu paieras les frais de scolarité de ton frère, pas vrai ?

Jenny roula des yeux.

— Papa !

Rufus la regarda du coin de l'œil.

— Où as-tu eu ce T-shirt d'ailleurs ? (Son front devint rouge et tout brillant, comme toujours quand il était excité.) Si tu n'arrêtes pas de détourner ma carte de crédit, je t'envoie en pension. Compris ?

Jenny roula de nouveau des yeux.

— Tu seras pas obligé de m'y envoyer. Je serais trop contente d'y aller.

Dan s'éclaircit bruyamment la gorge et se leva.

— Ça suffit, les enfants. Il y a une fête ce soir mais avant, vous pouvez m'emmener au chinois. Dans mon Q.G. sur Columbia.

— Trop chi-ant, marmonna Jenny.

— Ça marche, acquiesça Rufus en lui faisant un clin d'œil. Au fait, je vote pour NYU. Comme ça tu pourras rester à la maison, je t'aiderai dans tes études et, en échange, tu m'arrangeras le coup avec l'une de tes profs d'anglais surdouée.

Dan eut l'impression de se trouver dans un film de Disney à l'eau de rose sur les papas pantouflards en manque de sexe. Il prit un beignet dans la boîte, ramassa son tas de lettres et partit dans sa chambre. Un calepin noir vierge se trouvait sur son lit défait, attendant qu'il le remplisse de vers sombres et torturés. Mais il était trop content pour écrire. Il avait été admis dans quatre universités sur les cinq où il avait postulé ! Il avait hâte de partager ces bonnes nouvelles !

Oui, mais avec qui ?

tant qu'il est heureux, elle est heureuse

— Et s'il était tout seul chez lui en train de se taillader les veines, genre ? geignit Vanessa à voix haute.

Elle darda un regard noir sur Ruby, sa grande sœur de vingt-deux ans toute de cuir vêtue. Celle-ci était adossée à la porte de sa chambre, parlant à la fois dans leur téléphone fixe et dans son portable, organisant la future tournée de son groupe.

— Islande ! hurla Ruby. On est cinquièmes dans les charts indé de ce satané Reykjavik !

— Satané youpi, grommela Vanessa en consultant ses e-mails pour la soixantième fois, bien que personne ne lui en envoyât jamais.

Elle s'était persuadée que Dan avait été refusé dans toutes les facs où il avait postulé et qu'en ce moment même, il se tenait sur le pont George-Washington et écrivait sa postface avant de sauter. Même s'il avait été accepté quelque part, il devait probablement traverser une espèce de moment apocalyptique existentiel et se baignait tout nu dans l'Hudson River près du bassin à bateau, histoire de se purifier de tous les karmas négatifs bridant sa créativité avant de pouvoir se remettre à l'écriture.

Si elle était honnête avec elle-même, elle reconnaîtrait qu'en vérité, elle n'était pas aussi angoissée que ça. Dan était un bon élève et un brillant écrivain. Il serait sûrement accepté quelque part. Tout ce qu'elle désirait, en fait, c'était une excuse pour l'appeler et lui parler, étant donné que depuis qu'elle l'avait vu dans le parc lundi dernier, elle n'avait pas cessé de penser à lui.

Elle avait envisagé de lui téléphoner sous prétexte de réaliser une autre interview de lui pour son documentaire mais c'était trop flagrant et rien que d'y penser lui donnait des boutons. Elle avait également envisagé d'appeler Jenny, la petite sœur de Dan, sous prétexte de lui demander de l'interviewer sur ce que ça faisait d'avoir un frère dans les affres de l'entrée à la fac. Ensuite Jenny lâcherait l'info à son frangin, comme quoi Vanessa l'avait questionnée sur lui et peut-être que Dan *l'*appellerait ou *lui* enverrait un e-mail. Mais bon, ça faisait vraiment trop gamine de sixième !

Ruby squattait toujours le pas de sa porte, papotant au téléphone. C'était bien ça le problème qu'elle dorme dans le séjour et Vanessa, dans la seule chambre : Ruby considérait la chambre de sa sœur comme *son* séjour.

— Quitte pas. Signal d'appel, dit Ruby à la personne au bout du fil. (Elle se boucha le nez et prit la voix d'une fausse opératrice.) Toutes les lignes de votre correspondant sont occupées… (Elle marqua une pause.) Ah, salut Daniel. Tu pourrais rappeler plus tard ? Je suis en ligne, un coup de fil important avec mon groupe. Nous allons conquérir l'univers.

Vanessa sauta sur le téléphone et l'arracha des mains de sa sœur.

— Allô ? fit-elle d'une voix tremblante. Dan ? Tu… tu vas bien ?

— Mouais, répondit Dan, l'air plus heureux qu'elle ne l'avait jamais entendu. Je suis accepté partout sauf à Columbia.

— Waouh ! s'exclama Vanessa, digérant l'information. Mais tu veux aller à Brown, hein ? Je veux dire, tu n'envisages même pas d'aller à NYU ou dans d'autres facs ?

— Je ne sais pas, répondit Dan. Il faut que j'y réfléchisse.

Tous deux gardèrent le silence un moment. Ils échangeaient des platitudes mais avaient tant d'autres choses à mettre sur le tapis que c'en était quelque peu accablant.

— Enfin bref, félicitations, réussit à souffler Vanessa, se sentant brusquement extrêmement triste.

Dan entrerait à Brown, à Providence, Rhode Island, où il rencontrerait probablement une fille maigre aux cheveux longs du Vermont qui ferait de la poterie, jouerait de la guitare et lui tricoterait des pulls, pendant qu'elle resterait à New York, irait à NYU et continuerait à vivre avec sa tarée de sœur.

Ruby lui arracha le téléphone des mains.

— Hé, Dan, tu sais quoi ? Je pars en tournée pour huit mois avec SugarDaddy. On se barre la semaine prochaine. Pourquoi tu ne viens pas habiter ici ? Ma sœur et toi pourriez avoir, genre, votre petit nid d'amour rien qu'à vous !

Vanessa lui lança un regard noir. Faites confiance à Ruby pour tout faire foirer dans son genre bien à elle hypergênant et lourdingue. Elle lui rendit le téléphone et Vanessa le tint à quelques centimètres de son oreille. *Qu'était-elle censée dire maintenant, bordel ?*

Dan n'était pas opposé à l'idée d'habiter sans parents dans un quartier cool tel que Williamsburg, et vivre avec Vanessa pourrait en fait être plutôt génial. Elle pourrait réaliser ses films et lui, écrire. Ça pourrait être comme Yaddo, l'une de ces retraites pour écrivains et artistes qu'avait fréquentées son père au bon vieux temps. Peut-être finiraient-ils même par ressortir ensemble et par baiser tout le temps, exactement comme tous ces artistes et écrivains dans les années 1970, d'après la rumeur.

Toutefois, tout allait un peu trop vite. Il s'éclaircit la gorge.

— Il faut que j'en parle à mon père. On sort manger chinois pour fêter ça. Et si on se retrouvait à cette soirée sur West Street après ?

Vanessa n'était carrément pas du genre à faire la fête mais elle présumait que Dan avait une raison de le désirer.

— Pourquoi pas ? acquiesça-t-elle.

— Et je parlerai à mon père de cette histoire d'emménagement. Je crois que ça pourrait être supercool, dit Dan, qui avait lui-même plutôt l'air cool.

Vanessa eut brusquement l'impression d'être l'héroïne de ces mauvais films aux happy ends qu'elle avait toujours exécrés. Celle qui vit heureuse pour le restant de ses jours avec son mari qui l'adore dans une maison aux rideaux de soie aux fenêtres, au lieu de draps noirs comme en avaient Ruby et elle.

— Cool, s'enthousiasma-t-elle, bien que cela eût toujours été un des mots qu'elle détestait le plus.

Elle raccrocha et rendit le téléphone à sa sœur qui baragouinait toujours sur son portable.

— Je peux t'emprunter des trucs dans ton armoire ? murmura Vanessa.

Ruby la regarda en arquant un sourcil et opina en silence.

Ça alors, ça allait vraiment être la fête…

comme si elle était un tout petit peu d'humeur à fêter ça ?

Lorsque Olivia sortit de l'ascenseur, elle resta plantée à fixer la bannière faite maison scotchée à la porte d'entrée de l'appartement de grand standing. « Super Olivia ! Nous sommes si fiers de toi ! » disait-elle. Elle ouvrit la porte à la volée. Mookie, le boxer exubérant marron et blanc d'Aaron, arriva tout frétillant et fourra son museau entre ses jambes.

— Casse-toi, ronchonna Olivia.

L'espace d'un bref instant, elle se demanda si un miracle s'était produit. Peut-être que son père gay qui vivait en France ou une autre tante bienveillante avait passé un coup de fil à Yale, qui avait décidé de l'accepter sur-le-champ. C'était peu probable mais...

— Serena nous a raconté ce qui s'est passé ! gazouilla sa mère enceinte, en se balançant, énorme, dans l'entrée. Liste d'attente, mais pas liste noire ! Je ne comprends pas pourquoi tu es dans tous tes états, chérie. C'est comme si Yale avait accepté ta candidature !

Olivia ôta son cardigan et le jeta sur la chaise d'époque dans un coin. Mookie étant à deux doigts de renifler de nouveau son entrejambe, elle le vira d'un coup de pied.

— Ce n'est pas aussi simple, maman.

La grossesse avait fait pousser à une vitesse folle les cheveux blonds méchés d'Eleanor qui lui arrivaient aux épaules, dans le but pathétique, selon Olivia, de se faire passer pour celle qui était en âge d'avoir un enfant. Eleanor frappa dans ses mains ornées de bijoux.

— Bien, ma petite grincheuse, nous organisons une fête de famille spéciale en ton honneur, de toute façon. Tout le monde t'attend dans la salle à manger.

Une fête de famille. Chic alors.

Eleanor avait sorti sa plus belle argenterie et ses verres de cristal et commandé le repas chez Blue Ribbon Sushi, le préféré d'Olivia. Le champagne était déjà monté à la tête de Cyrus et Aaron et même Tyler, douze ans, avait l'air quelque peu patraque.

— Et dire que tu croyais te retrouver au Community College de Norwalk ! dit Aaron en remplissant de champagne la coupe vide de sa demi-sœur. Nous savions tous que tu pouvais mieux faire.

Cyrus lui fit une œillade avec l'un de ses yeux bleus de poisson, bulbeux, ternes et injectés de sang.

— Yale a tout bonnement refusé ma candidature quand j'ai postulé. Ils s'en sont vite mordu les doigts, crois-moi. Si tu veux que je leur donne un coup de pied au cul pour qu'ils t'admettent, je le ferais avec grand plaisir.

Olivia grimaça. Comme si elle voulait que Yale sache que Cyrus et elle avaient un lien de parenté, même lointain ?!

— Je n'irai pas à la fac, annonça Tyler en sirotant son champagne comme un pro. Je ferai D.J. dans des boîtes dans toute l'Europe. Et ensuite j'ouvrirai un casino.

— Nous verrons, dit Eleanor en flanquant un rouleau californien dans son assiette et en pouffant. Bébé a encore faim.

Olivia eut le sentiment que sa mère n'aurait pas l'air enceinte de vingt mois, et non de sept seulement, si elle cessait de bouffer autant. Elle lampa d'un trait sa coupe de champagne et attrapa une boîte de sushis intacte. Premièrement, elle se goinfrerait de rouleaux d'anguilles et descendrait suffisamment de champagne pour vomir ses boyaux. Deuxièmement, elle retrouverait Nate à cette soirée à la con sur West Street mais seulement dix minutes parce que regarder tout le monde fêter son admission à la fac alors qu'elle n'avait rien à fêter lui donnerait davantage la nausée.

Enfin elle s'endormirait devant *Diamants sur canapé*, son film préféré de tous les temps, avec son actrice préférée de tous les temps. Audrey Hepburn n'était même pas allée à l'université, ce qui ne l'avait pas empêchée d'être bénie des dieux.

Sa mère prit son gros sushi et mordit dedans comme dans un hot dog. Cyrus et elle ne se connaissaient que depuis moins d'un an et n'étaient mariés que depuis le mois de novembre mais manifestement ses habitudes alimentaires avaient déjà déteint sur Eleanor. Elle reposa les restes de sushis et se tamponna les lèvres avec une serviette de lin blanche.

— Maintenant que nous sommes tous réunis, j'ai un service à te demander, chérie.

Olivia leva les yeux de son sushi. Apparemment, c'était à elle que sa mère s'adressait.

Oh pitié.

— Tu sais que ma dernière grossesse remonte à loin, et mon médecin a donc estimé que ce serait bien si je suivais des cours de préparation à l'accouchement, histoire de me rafraîchir la mémoire. Je me suis inscrite au cours intensif. Quatre séances de deux heures. Le problème, c'est que Cyrus travaille sur un nouveau projet dans les Hamptons et que ce genre de chose le dégoûte facilement, de toute façon. Crois-tu pouvoir m'accompagner, chérie ? Il me faut absolument un partenaire et ça ne te prendra pas beaucoup de temps.

Olivia recracha le reste de son sushi dans sa serviette et attrapa son champagne à la va-vite. *Cours de préparation à l'accouchement* ? C'est quoi ces conneries ?

— Je croyais que c'était Aaron qui voulait être médecin, se plaignit-elle. Pourquoi pas lui ?

— Tu t'occupes si bien de ta mère, lui dit Cyrus.

— Je répète avec mon groupe, répliqua Aaron.

Comme s'il avait jamais eu l'intention de faire du bénévolat.

— Moi aussi, ajouta rapidement Tyler.

Et ce n'était pas comme si Eleanor pouvait demander à l'une de ses amies jet-setteuses et vieux jeu de l'accompagner. Leurs enfants étaient tous en âge d'entrer à l'université, ou presque. À leurs yeux, la grossesse d'Eleanor n'était qu'une source d'embarras immense et horrifiante.

— Bien, j'irai, consentit Olivia d'un ton maussade.

Elle repoussa son assiette et se leva. L'idée de continuer à discuter avec eux lui donnait déjà envie de vomir. De plus, ils paraissaient tous avoir oublié ce qu'ils étaient censés fêter, d'ailleurs.

— Je peux me lever de table ? demanda-t-elle. Il faut que je me prépare à sortir.

Sa mère tendit la main et l'enveloppa de son bras comme un serpent.

— Bien sûr, chérie. (Elle serra la taille d'Olivia.) Tu es ma meilleure amie.

Pardon ?

La jeune fille se dégagea en se tortillant et s'enfuit dans sa soi-disant chambre. Au moins Georgetown était plus loin que Yale – ça présentait déjà cet avantage. Et ça ne lui ferait pas de mal d'appeler le numéro sur la lettre d'admission et de prendre rendez-vous pour aller visiter le campus.

Si seulement elle avait postulé à l'université d'Australie.

Elle ôta son jean et son T-shirt et, la mort dans l'âme, fit l'effort de s'habiller pour la soirée, enfilant un pantalon noir et moulant et une chemise noire sans manches. Ses bras étaient pâles et flasques et elle les pinça de colère.

— Hé, frangine, cria Aaron derrière la porte. Je peux entrer ?

Olivia regarda son reflet dans le miroir de la chambre en roulant des yeux.

— Ce n'est pas comme si je pouvais t'en empêcher, répliqua-t-elle d'un ton malheureux.

Aaron ouvrit la porte, arborant son T-shirt de Harvard comme le connard qu'il était. C'était la tradition de porter un vêtement de l'université où vous vouliez entrer juste après avoir appris que vous y étiez admis, mais le jeune homme le savait depuis plusieurs mois.

— Je me suis dit qu'on pourrait aller à la soirée ensemble.

— Bien, soupira Olivia. Je suis presque prête.

Elle attrapa un eyeliner Chanel et dessina un trait gris foncé sous chacun de ses yeux. Puis elle s'appliqua du brillant à lèvres Mac Ice et passa ses doigts dans sa chevelure. Ça y était. Fini.

— Tu ne mets pas ton T-shirt Yale ? lui demanda Aaron, l'observant chercher une paire de chaussures convenables sous le lit. Je ne parlerai à personne de la liste d'attente.

— Super, merci beaucoup, répliqua Olivia en fourrant ses pieds dans des mocassins Coach noirs rasoir.

Elle ouvrit la porte d'un coup sec et descendit le couloir d'un pas lourd, sans même se soucier de la marque de sa culotte en coton blanc épais visible sous son jean moulant.

Finie l'époque où elle s'habillait pour le succès.

Avertissement : tous les noms de lieux, personnes et événements ont été modifiés ou abrégés afin de protéger les innocents. En l'occurrence, moi.

salut à tous !

COMMENT SORTIR DE LA LISTE D'ATTENTE ET ENTRER DANS LA FAC DE VOTRE CHOIX

Faites la grève de la faim devant le bureau des admissions.
Repassez les examens d'entrée à l'université, trichez et obtenez une note parfaite.
Apprenez à jouer *Yankee Doodle*[1] au violon et donnez une sérénade au bureau des admissions jusqu'à ce qu'ils vous supplient de vous inscrire à condition que vous arrêtiez de jouer.
Achetez plus de chaussures qu'Imelda Marcos, entrez dans le *Livre Guiness des Records*, écrivez une biographie pleine de révélations et gagnez le prix Pulitzer de littérature.
Utilisez votre Amex platine pour acheter au doyen des admissions cette nouvelle BMW décapotable que tous vos copains veulent pour le bac.

VOS E-MAILS

Q: Chère GG,
J'ai rencontré ce garçon à une soirée il y a un moment à NYC. Il m'a persuadée qu'il irait à Georgetown l'an prochain et serait capitaine de notre équipe de lacrosse. Il

1. Chanson populaire de la guerre de l'Indépendance américaine. *(N.d.T.)*

arrimerait son voilier quelque part dans le coin et nous irions en Floride ensemble en bateau pour les vacances de Pâques. Je n'ai plus jamais eu de nouvelles de lui et je suis sûre qu'il n'a même pas envoyé sa candidature.
— cœurbrisé

R: Chère cœurbrisé,
J'imagine qu'il a dû trouver un autre port où arrimer son voilier. Je suis hyperdésolée.
— GG

Q: Chère GG,
Il paraît que cette connasse de blondasse de Constance a été reçue partout parce qu'elle a couché avec tous les mecs qui lui ont fait passer ses entretiens.
— beast

R: Chère beast,
Je ne sais pas si nous parlons de la même blondasse de Constance. Mais peut-être qu'elle est beaucoup plus intelligente que tout le monde le pense.
— GG

Q: Chère GG,
Juste pour que tout le monde et toi soyez au courant, je travaille au bureau des admissions du Dorna B. Rae College pour Filles à Bryn Mawr, Pennsylvanie, et nous acceptons encore des candidatures. Venez donc nous voir !
— Camil

R: Chère Camil,
M'a l'air tentant. Je ferai tt pour que **O** soit au courant – et toutes celles qui sont vraiment désespérées.
— GG

ON A VU

N et ses potes fêter leurs admissions sur la terrasse du toit de sa maison de ville. Leur fumée de « cigarette » faisait planer les passants. Cette ex-petite copine de **N** de **Greenwich** – vous vous souvenez, l'héritière droguée bonne à enfermer ? – dans un couvent en **Suède** en train de « s'amender ». **J**, en séance maquillage gratuite au comptoir **Clinique** du **Bloomingdale** de **SoHo**. C'est important de connaître la taille de vos pores et quel type d'exfoliant utiliser avant de devenir un supermodèle célèbre. **V**, aussi à **Bloomingdale** à **SoHo**, se faire complètement relooker par un travesti glamour au comptoir **MAC**. Rendez-vous amoureux ce soir ? **S**, à un distributeur bancaire, retirer du liquide et en remplir un sac **Birkin** rose vif en alligator. Pour rembourser les bureaux d'admission de toutes les facs où elle a été admise ? Faire une contribution aux œuvres de charité ? S'acheter un cadeau « Je suis admise » dans l'une de ces boutiques huppées du **quartier des abattoirs** qui n'acceptent que des espèces ? **D**, avec son père chez un caviste de Broadway, acheter un magnum de Dom. Ça, c'est un papa trop fier… et **O**, rapporter un ensemble « porte-bonheur » au rayon lingerie de **Barney**. Pour elle, c'était davantage un porte-poisse, apparemment.

Quant à moi, je crois que j'ai une petite admission à la fac à fêter ce soir…

On se voit à la fiesta tout à l'heure !

Vous m'adorez, ne dites pas le contraire.

gossip girl

n a quelque chose à avouer

Le True West comptait parmi ces endroits qui donnaient toujours l'impression de venir d'ouvrir mais c'était aussi un lieu tellement classique qu'il aurait pu se trouver là depuis toujours. Les murs étaient recouverts de miroirs arborant la liste des boissons et des cocktails du jour griffonnée au crayon orange cireux. Des banquettes de cuir en forme de fer à cheval étaient éparpillées çà et là dans la salle à manger, et sur chaque table une fausse peau de daim faisait office de nappe. Des serveurs vêtus de tuniques Dries van Noten en denim et de bottes de cow-boy turquoise en peau de serpent servaient des cocktails sur des plateaux de cafétéria orange d'époque. De la musique country japonaise bizarre flottait dans l'air et, derrière le bar, un mur de fenêtres teintées de orange donnait sur l'Hudson River.

Mis à part ses écrase-merde noirs tout pourris, Vanessa était à peine reconnaissable, en minijupe en faux cuir et stretch noir et en blouse imprimée zèbre rouge et noir vaporeuse. Grâce au gentil travesti du comptoir MAC de Bloomingdale à SoHo, ses lèvres étaient toutes rouges et ses sourcils avaient été épilés pour la première fois de sa vie. Elle s'installa sur un tabouret tout au bout du bar et positionna sa caméra sur son épaule.

La fête dégageait une espèce de vibration frivole de premier jour de classe. Des filles en T-shirts BU assortis poussaient des petits cris perçants et s'étreignaient. Des garçons en sweat-shirts à l'effigie de Brown se tapaient dans la main en signe de victoire. Vanessa les observa en silence, attendant que l'un d'eux vienne se porter volontaire pour une interview.

— Je crois que j'ai quelque chose à dire, lança un mec à la beauté extraordinaire, portant un treillis et une chemise blanche déboutonnée. (Il posa son gin-tonic Tanqueray sur le bar et s'assit sur un tabouret à côté de Vanessa.) Tu veux que je te donne mon nom et te dise dans quelle fac j'entre et tout et tout ? demanda-t-il.

Vanessa braqua sa caméra sur ses yeux verts injectés de sang mais toujours brillants.

— Pas si tu ne le veux pas, répondit-elle. Raconte-moi juste comment tu as vécu toute cette histoire d'admission à la fac.

Nate but une gorgée de son cocktail et regarda par les fenêtres teintées de orange. De l'autre côté de la rivière, des avions tournaient en rond au-dessus de l'aéroport de Newark.

— Ce qui est marrant, c'est que jusqu'à maintenant je n'étais pas du tout stressé, avoua-t-il. (Il sortit une Marlboro Light d'un paquet oublié sur le bar et la fit rouler sur le comptoir.) Et ce qui est con, c'est que je ne devrais pas stresser. Je devrais fêter ça.

Il jeta un œil à la caméra puis détourna le regard d'un air gêné. Derrière lui, les banquettes se remplissaient et la musique devint brusquement si forte qu'il eut du mal à s'entendre réfléchir.

— Je ne sais pas pourquoi je ne lui ai pas dit que j'avais posé ma candidature, marmonna-t-il.

— A qui ? fit Vanessa, tentant de l'amadouer. Où ?

— A ma petite copine, expliqua Nate. Tu sais, elle tient vraiment à entrer à Yale. Genre, comme si c'était le truc qui comptait le plus dans sa vie. J'ai fini par y postuler parce qu'ils ont un nouvel entraîneur de lacrosse qui les a fait passer d'équipe de merde de deuxième division à superéquipe de première division en moins d'un an. Enfin bref, aujourd'hui j'ai appris que j'étais admis et qu'elle n'était que sur liste d'attente. Je ne lui avais même pas dit que j'avais posé ma candidature et je crois que j'ai peur de lui annoncer que je suis reçu. C'est vrai quoi, on vient juste de se réconcilier. Et si je lui dis, elle va encore me plaquer.

Il attendit que Vanessa réponde. Comme elle n'en faisait rien, il attrapa son verre.

— Les entraîneurs de Yale et de Brown descendent ce week-end pour me voir jouer. Olivia va à Washington visiter Georgetown donc, coup de bol, je n'aurai pas à lui mentir sur l'origine des entraîneurs et tout le bordel.

Nate tourna ses coudes en dehors et laissa tomber son menton dans ses mains.

Ça craint un peu, non, d'être un gros menteur ?

D'un seul coup, l'odeur familière d'un certain mélange d'huiles essentielles au patchouli titilla ses narines.

— On l'a fait, Natie ! souffla Serena en jetant ses bras autour du cou du jeune homme.

Ses cheveux blond clair étaient attachés n'importe comment au-dessus de sa tête et elle portait un T-shirt poncho aux franges blanc et or, léger et transparent, sur un jean blanc.

Très « Quand une showgirl de Las Vegas rencontre *Newport Beach* ».

Nate l'embrassa sur la joue et s'efforça d'avoir l'air aussi paniqué que possible.

— Oups, grimaça Serena, comprenant immédiatement. Olivia t'a encore plaqué ?

— Pas encore.

Il était sur le point de tout lui expliquer mais celle-ci sortit de l'ascenseur à l'autre bout de l'immense restaurant, fixant méchamment le dos de Serena à mesure qu'elle s'approchait.

Sur l'une des banquettes, un groupe de lycéennes de Constance Billard se mit à chuchoter.

— Il paraît qu'Olivia a écrit un scénario vraiment débile au lieu d'une disserte pour sa candidature à Yale. Madame Gloss lui a demandé de changer mais elle l'a quand même envoyé et c'est pour ça qu'elle s'est fait jeter, confia Nicki Button à son amie Rain Hoffstetter.

Rain et Nicki entraient ensemble à Vassar l'an prochain et elles ne pouvaient s'empêcher de se regarder en poussant des petits cris perçants.

— Il paraît qu'Olivia a écrit la disserte de Serena pour Yale. C'est pour ça qu'elle est aussi dégoûtée. Elle a fait entrer Serena mais elle, elle est que sur liste d'attente, révéla Isabel Coates à sa meilleure amie, Kati Farkas.

Kati et Isabel avaient toutes deux été admises à Georgetown et Rollins mais Isabel avait été reçue à Princeton et arborait déjà son T-shirt Princeton. L'idée de se séparer leur fendait tellement le cœur qu'elles ne pouvaient s'empêcher de se tenir la main.

— Il paraît que Serena a eu 1560 a son examen d'entrée. Elle joue les barjos et les débiles mais en fait, c'est du gros cinéma. C'est pour ça qu'elle peut sortir tout le temps sans jamais réviser. Elle n'en a pas besoin, constata Kati avec jalousie.

— De quoi vous parlez, vous deux ? s'enquit Olivia lorsqu'elle rejoignit Nate et Serena assis au bar.

Elle venait tout juste d'arriver mais elle détestait déjà cette soirée. Elle détestait que tous ces ados arborent leurs T-shirts d'université à la con ; elle détestait la bizarre musique country japonaise qui se déversait des débiles enceintes Bose orange accrochées au-dessus du bar ; et elle détestait que Serena parle à Nate dans son genre hyperintime et tactile, du style « je te tripote partout », comme chaque fois qu'elle s'adressait à un mec.

— De rien ! répondirent Nate et Serena en chœur.

Serena se retourna d'un coup sur son tabouret de bar.

— Tu es toujours fâchée contre moi ?

Olivia croisa ses bras sur sa poitrine.

— Comment ça se fait que tu ne portes pas de T-shirt Yale ? Ah oui, c'est vrai, tu es admise mais tu n'es même pas sûre d' y aller, ajouta-t-elle, sarcastique.

Serena haussa les épaules.

— Je ne sais pas. Je vais visiter un tas de facs ce week-end. Espérons que ça m'aidera à me décider.

Les aisselles de Nate devinrent brusquement moites. Il glissa de son tabouret, posa ses mains sur les épaules d'Olivia et l'embrassa sur le front.

— Tu es belle, dit-il, tâchant de la détourner du sujet de Yale.

— Merci, répondit Olivia même si elle était sûre et certaine d'avoir l'air d'une pauvre conne BCBG coincée qui ne s'éclatait jamais.

Elle ne portait même pas de boucles d'oreilles, nom de Dieu ! Plus loin au bar, un groupe de filles vêtues de T-shirts de chasseur verts assortis de Dartmouth braillaient une chanson débile de Dartmouth avant de descendre de petits verres de vodka.

— Dans dix minutes, je me casse, annonça sans ambages Olivia à Nate. Demain, on a cours de toute façon.

Comme si ça l'avait jusqu'alors empêchée de faire la fête.

Nate l'embrassa sur la tempe. Il avait hâte de l'emmener loin de Serena avant que celle-ci ne commette une gaffe et lui annonce innocemment que lui aussi était admis à Yale.

— Tu veux aller regarder le coucher de soleil ? lui proposa-t-il lamentablement.

— Peu importe, répondit Olivia en gardant obstinément les bras croisés sur sa poitrine.

— Ne vous occupez pas de moi, dit Serena en faisant tourner son tabouret vers Vanessa. OK, ma belle, je suis prête pour un gros plan.

Vanessa n'eut pas besoin de faire des réglages. Elle avait filmé tout le long.

elle cherche l'amour, toujours

— Donc j'imagine que je devrais être heureuse, déclara Serena.

Vanessa fit un travelling sur le visage parfait de la jeune fille puis un panoramique, cherchant un défaut physique ou une bizarrerie sur laquelle zoomer. Elle n'en trouva pas. Puis Serena fourra son pouce dans sa bouche et entreprit d'en ronger l'ongle.

Aha !

Elle enleva son doigt et fronça les sourcils.

— Je *suis* heureuse, insista-t-elle, comme pour s'en persuader. J'ai été reçue dans toutes les facs où j'ai postulé. Elles n'en ont rien eu à foutre que l'on ne me reprenne même pas au pensionnat cette année. C'est juste… (Elle se tut peu à peu lorsqu'elle aperçut un garçon et une fille, arborant tous deux des T-shirts de Middlebury, se tripoter près des ascenseurs.) C'est juste que j'aurais bien voulu fêter ça avec quelqu'un.

La musique country japonaise fut brusquement remplacée par les rythmes originaux du dernier album des Raves. Deux types en casquettes de base-ball U Penn et cravates jaunes ôtèrent leurs chemises, retournèrent leurs casquettes et se mirent à faire du smurf. Puis quatre filles bourrées arborant des fanions Vanderbilt ôtèrent *leurs* chemises et essayèrent aussi de faire du smurf – supermal.

— Avant je dansais sur les tables, avoua Serena, comme si elle était une vieille chanteuse de cabaret finie, nostalgique et ringarde. Maintenant regarde-moi.

Naturellement, quatre-vingt-dix-neuf pour cent des invités masculins dans la salle la mataient, tout en tentant de trouver un bon baratin de drague pour l'inviter à danser. En plus des garçons, une petite collégienne aux cheveux bouclés et à l'énorme poitrine jaugeait Serena en tâchant de trouver la bonne approche.

Jenny et Dan venaient tout juste d'arriver après avoir laissé leur père tout ému noyer sa nostalgie dans un pichet de vin blanc doux au resto chinois préféré de la famille dans l'Upper West Side. Ils se tenaient devant les ascenseurs, passant la salle en revue.

— Je t'avais prévenue que ce serait abominable, lança Dan à sa petite sœur.

En temps normal, le jeune homme détestait les soirées et ce spectacle l'aurait gonflé de chez gonflé mais il était hypercontent de lui et cette fête cadrait parfaitement avec son humeur.

Mais Jenny n'avait d'yeux que pour Serena.

— Ne t'inquiète pas, je peux me débrouiller toute seule, répondit-elle.

Remontant son dos-nu imprimé tigre, elle se fraya un chemin à travers la foule, filant tout droit vers le bar.

— Si je reportais mon entrée à la fac à plus tard, poursuivit Serena, je pourrais continuer à faire des photos de mode. Ou peut-être me lancer dans la comédie.

Jenny s'adossa au bar, attendant l'opportunité de demander à la lycéenne des conseils pour percer dans le mannequinat. Tout son corps tremblait d'impatience et elle se trouvait idiote d'être aussi nerveuse.

Dan suivit sa petite sœur, uniquement parce qu'il craignait qu'elle ne commande une espèce de cocktail empoisonné et qu'il ne doive la raccompagner à la maison avant même que Vanessa n'arrive. Puis il constata que celle-ci était déjà là, et bien là, sa caméra calée sur son épaule, interviewant Serena pour son documentaire.

Ses lèvres étaient rouge foncé, un serpent en argent était fixé à son oreille et une jupe noire moulait ses cuisses. Son pull noir et rouge sans manches glissait sur ses épaules nues, exposant sa peau blanc-pomme comme Dan ne l'avait encore jamais vue auparavant. Pas en public, du moins.

Sans même prendre le temps de réfléchir, il se fraya un chemin à travers la foule qui dansait, s'approcha de Vanessa par-derrière et l'embrassa dans le cou. Ses joues claires rosirent d'un coup et elle virevolta sur son tabouret, manquant de lâcher sa caméra chérie par la même occasion.

— Ce n'est pas comme si j'étais obligée d'entrer tout de suite à la fac…

Serena s'arrêta en plein milieu de sa phrase, fixant Vanessa et Dan qui se pelotaient comme des bêtes en chaleur assoiffées de sexe.

Coupez !

Jenny décida d'agir. Elle donna un coup d'épaule dans la hanche de Serena, histoire de faire comme si elle lui rentrait dedans par hasard.

— Salut ! Félicitations et tout et tout, lâcha-t-elle, mal à l'aise. Ton haut est trop cool !

Si Serena avait été Olivia ou une autre terminale, elle aurait rembarré Jenny d'un « merci » laconique, tout en se demandant ce que fichait cette gamine de troisième gonflante à une soirée de lycéens qui fêtaient leur entrée à la fac. Mais Serena ne repoussait jamais personne. C'était l'une des choses qui la rendaient si irrésistible, ou si intimidante, selon qui vous étiez et combien vous la désiriez. De plus Jenny participait en l'occurrence au groupe de discussion de troisièmes que Serena dirigeait avec Olivia ; ce n'était pas comme si elles ne se connaissaient pas du tout.

Jenny arborait une nouvelle coupe de cheveux, avec une frange droite et épaisse et un carré frisé qui lui arrivait au menton. Ses cheveux étaient foncés et ses grands yeux noisette tout écarquillés. Cette coupe stricte lui allait bien.

— J'adore ta coupe ! s'exclama Serena en glissant de son tabouret de sorte à ce que Jenny ne fût pas toute seule debout. Tu ressembles à ce modèle qui a fait les dernières pubs Prada.

Les grands yeux noisette de Jenny faillirent lui sortir de la tête.

— Vraiment ? Merci, haleta-t-elle.

Elle avait l'impression qu'on venait de lui taper sur l'épaule avec une baguette magique.

Le barman s'approcha et Serena commanda deux coupes de champagne.

— Ça ne te dérange pas de trinquer avec moi, hein ? lui demanda-t-elle.

Jenny en resta comme deux ronds de flanc. La *déranger* ? C'était un immense honneur, oui ! Elle passa son doigt sur le bord humide de sa coupe.

— Alors, tu continues à faire des photos ? demanda-t-elle. J'ai vraiment adoré cette pub de parfum que tu as faite.

Serena grimaça et but une gorgée de champagne. Voilà deux mois, le styliste Les Best lui avait demandé d'être la vedette de la campagne de pub pour son dernier parfum, et il avait même fini par appeler le parfum Les Larmes de Serena. Dans la pub, la jeune fille pleurait sur une passerelle en bois à Central Park, vêtue d'une robe jaune bain de soleil au plus fort de l'hiver. Contrairement à ce que tout le monde croyait, les larmes sur ses joues étaient complètement réelles. Les photos avaient été faites au moment même où Aaron Rose, le demi-frère dreadlocké végétarien d'Olivia, avait décidé de rompre avec elle. À la minute même, les larmes s'étaient mises à couler.

— En fait je crois que je vais me lancer dans le cinéma, répondit-elle.

Jenny hocha la tête avec enthousiasme.

— J'adore comme tu as l'air trop *vraie* dans cette pub. Évidemment, tu es superbelle mais pas du tout retouchée, ni maquillée ni rien.

Serena pouffa.

— Oh mon Dieu, j'étais *hyper* maquillée. Tu sais ce truc beige dégueulasse qu'on t'étale partout sur le visage ? Et ils ont carrément retouché ma chair de poule. Je me gelais le cul, grave !

Les lumières du bar s'éteignirent l'espace d'une seconde et tout le monde hurla. Puis elles se rallumèrent. Jenny garda son sang-froid, désireuse de donner l'impression qu'elle était habituée à ce genre de soirées trop délirantes.

— Honnêtement, déclara Serena, soulagée de faire une pause et de ne plus ruminer sur son avenir incertain, du moins pour un moment, tout le monde peut devenir top model. Tant que tu as le look qu'il faut pour la séance photos.

— J'imagine, répondit Jenny, dubitative.

Facile pour Serena de prétendre que tout le monde pouvait devenir top model vu qu'elle était dotée de jambes de girafe, d'un visage sublime, de magnifiques yeux bleu foncé et de longs cheveux blonds naturels somptueux.

— Mais comment savoir si tu as le look qu'il faut ?

— Tu vas dans un truc qui s'appelle un *go-see*, expliqua Serena.

Elle finit son champagne et sortit un paquet de Gauloises de sa pochette Dior en or lamé. En moins de deux, le barman se précipita pour remplir sa flûte et allumer sa cigarette.

Vous savez ce qu'on dit : Beauté = Tas d'avantages pratiques.

— Écoute, si ça t'intéresse, je peux demander autour de moi et te mettre en contact avec des gens que je connais, lui proposa Serena.

Jenny la fixa de ses immenses yeux noisette, pas sûre d'avoir bien compris. Elle désirait tellement que Serena lui dise ça que c'était presque trop beau pour être vrai.

— Tu veux dire, être top model ? *Moi ?*

Juste alors, un gémissement derrière elles déconcentra Serena.

— Hum, vous deux, cria-t-elle par-dessus son épaule à Vanessa et Dan. Vous savez, il y a des suites et tout ce qu'il faut en bas.

— J'ai toujours cru que j'étais beaucoup trop petite, insista Jenny, craignant que Serena ne perde le fil de ses pensées.

— Pas du tout. Tu seras super, la rassura-t-elle. Je vais passer des coups de fil et ensuite je t'enverrai un e-mail, OK ?

— Vraiment ? s'écria Jenny, toute prise de vertiges.

Elle ne parvenait pas à y croire. Elle allait devenir top model ! Elle posa sa flûte de champagne sur le bar. À partir de maintenant, elle avait du pain sur la planche. Manucure, pédicure, épilation des sourcils, de la moustache, et peut-être même ces mèches au henné dont elle avait toujours rêvé.

— Tu ne la finis pas ? demanda Serena en montrant du doigt la coupe de Jenny.

Celle-ci fit non de la tête, se sentant brusquement pas prête du tout.

— Faut que je rentre chez moi me préparer, bafouilla-t-elle.

(Puis elle se mit sur la pointe des pieds et embrassa la lycéenne sur la joue.) Merci. Merci. Merci *mille fois* !

Serena gratifia la collégienne d'un sourire bienveillant. Sa meilleure amie lui faisait la gueule et elle n'était pas amoureuse, et alors ? Au moins, elle donnait un coup de main à Jenny et ça lui faisait plaisir.

Dès que celle-ci s'en alla, trois garçons de première de Riverside Prep s'agglutinèrent derrière le tabouret de Serena, se défiant les uns les autres de lui demander de les accompagner dans l'une des suites de l'hôtel en bas.

— Putain qu'elle est canon ! Comment ça se fait qu'elle ait pas de mec ? murmura l'un d'eux.

— Pourquoi tu *lui* demandes pas ? répliqua son ami.

— Et pourquoi pas *toi* ? dit le troisième.

Mais ils étaient soit trop cons, soit trop dégonflés, ou trop mortifiés par la beauté et la prétendue intelligence de Serena, pour faire quoi que ce soit. Celle-ci attrapa la coupe de champagne de Jenny et en versa le contenu dans la sienne.

C'est franchement pas drôle d'être aussi belle si même les losers n'osent pas venir vous parler.

ils veulent juste se déshabiller

— Je n'arrive pas à croire que ça se passe, souffla Vanessa pour la trentième fois de la soirée.

Dan et elle n'avaient pas arrêté de s'embrasser depuis qu'il l'avait rejointe au bar et embrassée dans le cou et, à présent, ils s'arrachaient leurs vêtements dans l'une des suites du Pier Hotel. Elle voulait lui dire combien il lui avait manqué et combien c'était débile de s'être fait la gueule. Et même si faire l'amour dans une suite d'hôtel juste avant la cérémonie de remise des diplômes faisait hypervulgaire et cliché, pour elle c'était le paradis.

Les chambres du Pier Hotel comportaient des fenêtres rondes qui donnaient sur l'Hudson, des ancres en fer forgé qui pendillaient aux murs et des tapis vert glauque. Le savon, le shampooing et la lotion corporelle dans la salle de bains, gracieusement offerts par la maison, étaient à base d'algues et les draps et les taies d'oreiller, bleu océan. Des ventilateurs au plafond en acier brossé tournoyaient inlassablement, rafraîchissant ce qui s'annonçait une nuit hyperchaude.

Dan défit d'un coup la ceinture de son jean et l'envoya fendre l'air de l'autre côté de la pièce. Il était ivre de bonheur et avait une trique d'enfer. Il sauta sur le lit où il effectua des petits bonds.

— Youh-ouh, cria-t-il. Youh-ouh !

Vanessa l'attrapa par les genoux et il tomba sur elle, se débattit avec sa chemise qu'il lui enleva d'un coup par la tête.

« Mec ! j'ai survécu ! » hurlait un idiot ivre dans la chambre à côté. Un groupe de garçons en T-shirts de Bowdoin et Bates jouaient à des jeux-beuverie à la con en regardant un match des Nets à la télé.

— Si on vivait ensemble, on pourrait faire ça tous les jours, réalisa Dan à voix haute en observant Vanessa défaire son soutien-gorge de dentelle noire.

La jeune fille le balança par terre et croisa les bras sur sa poitrine nue.

— Tu as demandé à ton père ?

— Ouais, répondit Dan d'un ton enjoué. Il est OK. Mais si mes notes baissent et si je ne dîne pas avec Jenny et lui au moins deux fois par semaine, je devrais retourner à la maison.

Il dégagea les bras de Vanessa et plongea la tête la première dans sa poitrine. Celle-ci serra sa tête hirsute et ferma les yeux. Elle n'avait bu qu'un coca ce soir mais le lit tournait malgré tout. Dan et elle étaient de nouveau amoureux. Ils allaient habiter ensemble. Ils pourraient même entrer à NYU ensemble. C'était presque trop parfait pour être vrai.

Et les choses restent-elles souvent aussi parfaites ?

Avertissement : tous les noms de lieux, personnes et événements ont été modifiés ou abrégés afin de protéger les innocents. En l'occurrence, moi.

salut à tous !

J'adore : la moitié des terminales n'est pas allée en classe aujourd'hui. Je voulais aussi attirer votre attention sur quelque chose que vous avez peut-être loupé lors de la débauche de hier soir. Quelqu'un – en fait, un ami à nous que l'on connaît depuis le jardin d'enfants – brillait par son absence aux réjouissances de hier soir. Voici pourquoi.

LE MEC ACCEPTÉ NULLE PART

Il a toujours été tellement gonflé dans tous les domaines que personne ne doutait le moins du monde qu'il serait accepté partout où il avait postulé. Il ne nous a jamais traversé l'esprit que son culot pourrait offusquer ses professeurs, à tel point qu'ils ont refusé de le recommander ; que son style de fringues « je me la joue – un peu trop – top model de défilés » et les insinuations selon lesquelles sa famille pourrait acheter la fac où il avait décidé d'entrer pourraient carrément refroidir les recruteurs ; qu'il était trop gonflé ou paresseux ou les deux pour repasser les examens d'entrée à l'université ; ou qu'il avait joint à sa candidature une cassette vidéo de lui-même en train de forcer son jeu dans une comédie musicale inter-écoles dans laquelle il n'avait même pas joué, au lieu d'une dissertation.

Et voilà donc qu'il s'est fait jeter. Pas quatre ou cinq fois, mais neuf. *Neuf refus*. Aïe ! Même le pire des enfoirés mérite un minimum de compassion pour ça. Mais je suis sûre qu'il trouvera bien le moyen d'entrer quelque part à force de cajoleries. Il y arrive tout le temps.

VOS E-MAILS

Q: Chère GG,
Je suis administratrice d'une prestigieuse université de la côte Est et je viens à New York ce week-end rencontrer un futur étudiant. Comme notre université voudrait de lui à la rentrée prochaine, je dois obligatoirement faire bonne impression. J'espère que ma requête ne te dérange pas mais que préférez-vous le plus à la fac ? Et surtout, comment m'habiller ce week-end ?
— adminchik

R: Chère adminchik,
J'ai passé suffisamment d'entretiens pour entrer à la fac pour ne pas vouloir prendre tes questions au sérieux si je n'y suis pas obligée. Comment sont les frites à la cantine de ta fac ? Puisque tu me le demandes, voilà quelque chose d'hyperimportant. Quant à quelle tenue mettre lorsque tu courtiseras ce candidat extrêmement désirable ? Le orange est le nouveau noir.
— GG

ON A VU

N raccompagner **O** du **True West** pendant que nous autres commencions tout juste à faire la fête. **S** danser toute seule à la soirée susmentionnée – bien que je sois quasi sûre que ce groupe de mecs derrière elle voulait croire qu'ils dansaient avec elle. **J**, faire le plein de vernis à ongles, de kits dépilatoires, et de henné au **Duane Reade** sur **Broadway**, ouvert

vingt-quatre heures sur vingt-quatre. **V** et **D** sortir du **Pier Hotel** en titubant *ce matin*, juste à temps pour aller en classe. **C**, avec son singe, boire seul sur la terrasse de son appartement de **Sutton Place**. Nous pourrions presque avoir pitié de lui s'il n'était pas aussi cruellement impitoyable.
Oups, la cloche sonne ! La suite au prochain numéro !

Vous m'adorez, ne dites pas le contraire.

gossip girl

Jenny avait toujours été louée pour sa calligraphie remarquable et ses copies détaillées et fidèles de grandes œuvres d'artistes classiques. Ce qui est pratique, quand on est artiste et bonne copiste, c'est que l'on peut contrefaire des mots d'excuse. Comme celui de son père de ce matin à propos d'un prétendu « rendez-vous chez l'allergologue » dans le centre. Elle renifla grotesquement quand elle le donna à Mme Hinckle, sa prof de maths. Au fond de la salle, Elise replaça ses épais cheveux blond paille derrière ses oreilles et fit mine de ne pas espionner.

— La prochaine fois, essayez de prendre vos rendez-vous *après* l'école, lui ordonna Mme Hinckle en posant le mot sur son bureau. (Elle la congédia d'un signe de la main.) Et maintenant, ouste !

— Merci, répondit Jenny d'un ton penaud.

Mme Hinckle était âgée et considérait toutes les filles comme ses petits-enfants, leur préparait des biscuits aux flocons d'avoine, leur offrait des cartes de Noël et des pommes au caramel. Jenny se sentait plutôt mal de se moquer de leur gentille prof mais sa carrière était en jeu. C'était ce qui comptait.

Le *go-see* dont Serena lui avait parlé dans son e-mail se déroulait dans le studio d'un photographe sur la 16e Rue Ouest. Un tas de filles, grandes et maigres, aux lèvres sensuelles et aux cheveux blonds, fumaient des cigarettes sur les marches. *Des tops*, songea Jenny en tentant de ne pas être intimidée.

Elle sonna à l'interphone du studio au troisième étage puis pénétra dans un espace sombre qui ressemblait à une espèce de dock de chargement avec un monte-charge bordé d'acier ondulé. Jenny y pénétra et appuya sur *3*, s'efforçant de chasser sa terreur.

— Bonjour, fit une grande femme au menton pointu arborant un béret de cuir verni blanc, un short court en cuir noir et des bottes de daim blanc lui arrivant aux genoux. Tu es perdue ? lui demanda-t-elle quand elle sortit du monte-charge.

L'adolescente réalisa qu'elle aurait probablement dû changer son uniforme de Constance mais il était trop tard de toute façon.

— Je suis là pour le *go-see.*

Elle ne savait même pas ce qu'était un *go-see* au juste mais ça faisait trop cool d'employer ce terme.

— Ah. (La femme la dévisagea de la tête aux pieds.) Puis-je voir ton book ?

Jenny jeta un œil à son sac à dos noir.

— Mon book ?

La femme la jaugea de nouveau puis lui désigna une chaise vide entre deux top models blonds qui avaient l'air de s'emmerder ferme.

— Assieds-toi. Je t'appellerai quand il sera prêt.

Puis elle disparut derrière un paravent blanc où Jenny distingua le flash d'un appareil-photo se déclencher et des ombres se déplacer dans la pièce. D'un seul coup, une cacophonie de rires hystériques se réverbéra sur les plafonds en tôle du studio, lui donnant le frisson.

Elle jeta un œil à la blonde assise à côté d'elle. Celle-ci mâchait du chewing-gum, ses paupières se fermant lourdement comme si elle avait fait la fête toute la nuit. Jenny détourna le regard et tenta d'abaisser ses paupières de la même façon cool et affectée, mais ses globes oculaires n'arrêtaient pas de se révulser. Davantage *La Nuit des morts vivants* que le top model cool qui se fait chier.

La femme au béret surgit derrière le paravent.

— Toi, dit-elle en désignant Jenny du doigt.

Jenny s'empourpra et lança un regard d'excuse aux autres filles arrivées avant elle. Puis elle suivit la femme derrière le paravent.

La partie du studio séparée du reste de la pièce par le paravent comportait des murs de brique peints en blanc et un plancher de bois. Au centre trônait une méridienne de velours rouge apparemment d'époque autour de laquelle étaient installés des projecteurs sur trépied et des réflecteurs argentés.

— Enlève ton pull et allonge-toi, lui ordonna un homme trapu au bouc blond, la regardant déjà à travers son énorme Polaroid.

Le cœur battant, Jenny posa son sac et plia son cardigan pardessus. Puis elle s'assit sur le bord de la méridienne de velours rouge, honteuse de ses genoux nus qui devaient être superpâles et noueux à la lumière crue.

— M'allonger ?

— Sur le dos, lui ordonna le photographe en s'agenouillant devant elle à quelques centimètres.

S'allonger sur le dos ? Elle ne pouvait raisonnablement pas faire ça, pas avec le soutien-gorge de coton de maintien modéré qu'elle portait. Et si ce truc affreux se produisait ? Si ses énormes nichons débordaient de sa cage thoracique pour remonter sous ses aisselles et lui donnaient l'air complètement difforme ?

Elle s'assit rapidement dans la méridienne et se hissa sur les coudes dans une position qui, décida-t-elle, revenait à être allongée.

Position qui fit également ressortir ses nénés, encore plus qu'ils ne débordaient déjà.

— Bien, murmura le photographe en balançant par terre les Polaroids qu'il avait déjà pris et en rampant vers elle pour en faire d'autres.

Jenny serra les jambes afin qu'il ne voie pas sa culotte.

— Quel genre d'expression dois-je prendre ? demanda-t-elle timidement.

— Peu importe, répondit l'homme en balançant d'autres photos. Garde les épaules en arrière et lève le menton.

Les bras de Jenny se mirent à trembler d'effort mais elle s'en fichait. Le photographe l'aimait bien, apparemment. Il la traitait comme un vrai modèle.

— Très bien. C'est fini, finit-il par dire en se levant. Comment tu t'appelles au fait ?

— Jennifer, répondit Jenny. Jennifer Humphrey.

L'homme fit un signe de tête à la femme au béret qui griffonna quelque chose sur son écritoire à pinces.

— Puis-je voir les photos ? demanda Jenny en désignant du doigt les Polaroids empilés sur le plancher.

Chacun était recouvert d'un petit film de protection noir que l'on devait détacher pour voir l'image.

— Désolée, ma belle, elles sont à moi, répondit le photographe dans un sourire amusé. Je veux te voir ici dimanche prochain. Dix heures. Compris ?

Jenny hocha la tête avec enthousiasme et enfila rapidement son pull. Elle n'était pas sûre à cent pour cent mais visiblement elle venait d'être engagée comme mannequin pour une séance photos !

Ou, tout au moins, une *partie* de son corps avait été embauchée.

— Alors ce *go-see*, c'était pour quel produit ? s'enquit Serena lorsque Jenny la retrouva à leur groupe de discussion au déjeuner plus tard ce jour-là. Désolée de ne pas avoir trouvé plus d'infos. Mes copines mannequins sont plutôt nulles pour ça.

Jenny flanqua sa main à sa bouche.

— J'ai complètement oublié de demander ! Mais c'était trop génial. Tout le monde a vraiment été sympa avec moi, genre comme si j'étais une vraie top et tout et tout.

— Très bien, mais tâche tout de même de savoir à la séance photos pour quel truc est ce *go-see*, la conseilla Serena. Une fille que je connais croyait avoir fait une pub pour du chewing-gum alors qu'en fait, c'était pour des tampons maxi-absorbants. Je crois qu'elle a confondu Carefree et Stayfree.

Jenny se rembrunit. Tampons maxi-absorbants ? Personne ne lui avait parlé de tampons maxi-absorbants.

— Et ne laisse pas la styliste t'obliger à mettre des fringues dans lesquelles tu ne te sens pas à l'aise. Je sais que la pub de Les Best est super mais bon, porter une robe bain de soleil en février, faut pas déconner ! Après j'ai été malade pendant trois semaines, ajouta Serena.

Les autres troisièmes de leur groupe de discussion gloussèrent poliment. Elles adoraient entendre les histoires de top model de Serena mais elles étaient superjalouses de Jenny et ne voulaient pas l'encourager. Pourquoi la plus petite fille de la classe, celle qui avait des cheveux châtains frisés chiants et ces nichons ridiculement énormes, était, genre, un top model ? Ça ne tenait pas debout.

— Je parie que c'est pour un catalogue de soutifs XXL et elle est trop con pour s'en être aperçue, murmura Vicky Reinerson à Mary Goldberg et Cassie Inwirth.

— Je suis sûre que c'est pour un truc de base, genre du jus d'orange, assura Cassie à Jenny, en s'efforçant de garder son sérieux.

Elise était jalouse elle aussi mais elle faisait tout son possible pour ne pas le montrer.

— Où est Olivia ? demanda-t-elle à Serena, histoire de changer de sujet.

Olivia était l'autre dirigeante du groupe de discussion. Serena haussa les épaules.

— Je ne sais pas. Elle me fait un peu la gueule en ce moment.

Mary, Cassie et Vicky se donnèrent des coups de coude sous la table. Elles adoraient être les premières à être au courant des engueulades entre les deux terminales.

— Il paraît qu'Olivia n'a été acceptée dans *aucune* des facs où elle a postulé. Son père l'envoie en France juste après la remise des diplômes pour qu'elle puisse travailler pour lui, lança Mary.

Serena haussa de nouveau les épaules. Elle était bien placée pour savoir combien les histoires étaient déformées et à quelle vitesse circulaient les rumeurs. Moins elle en disait, mieux c'était.

— Qui sait ce qu'elle fera.

Jenny retournait toujours dans sa tête son histoire de tampons maxi-absorbants. Cela la dérangerait-elle vraiment si la séance photo du week-end prochain était pour un truc pas cool, genre pour des repas TV surgelés à 0 % ou de la crème contre les boutons ? Au moins c'était un début. Sinon, comment allait-elle percer ?

— Arrête d'être aussi parano ! lui souffla Elise bien qu'elles ne soient même pas censées s'adresser la parole.

Depuis qu'elles étaient devenues copines voilà deux mois, Elise avait toujours eu le don troublant de lire dans les pensées de Jenny.

Pour être emmerdant…

Jenny jeta un œil à Serena. La terminale à la beauté éthérée s'était autrefois fait photographier une partie honteuse de son corps par deux photographes célèbres et le cliché avait atterri sur les bus et les toits des taxis dans toute la ville. C'était l'une des choses qui faisait de Serena la fille la plus cool de toute la ville, pour ne pas dire de tout l'univers ! Une pub pour tampons maxi-absorbants, ça revenait au même.

Si l'on veut.

le truc que personne n'a besoin de savoir

— Oubliez vos seins sensibles, vos chevilles enflées, vos vergetures. Imaginez que vos fesses sont des ballons que l'on dégonfle. Allez-y. *Expireeeeeez.*

Olivia refusa d'imaginer ce genre de choses. Ça craignait déjà suffisamment d'être allongée par terre en compagnie d'un tas de femmes enceintes déchaussées aux pieds qui puent, gémissant toutes comme des vaches trop nourries – pas besoin de dégrader davantage la situation en y mêlant ses fesses.

Par terre à sa droite, sa mère pouffa.

— C'est marrant, non ?

Mort de rire.

Olivia avait envie de la frapper. Elle avait pris une « journée pour elle » et était restée à la maison au lieu d'aller en cours, trop énervée d'être sur liste d'attente à Yale pour affronter ses camarades de classe, surtout Serena. Mais au bout de six heures de rediffusions de *Newlyweds*[1], une boîte entière de sorbet au chocolat Häagen-Dazs sans matières grasses et maintenant *ça*, elle regrettait d'avoir séché les cours.

— Bien. Maintenant que les partenaires ont eu un moment pour se détendre, il est temps pour eux de se mettre au boulot. Souvenez-vous, il faut être deux pour faire un bébé !

La « coach » du cours de préparation à l'accouchement branché-réservé-au-gratin-de-l'Upper-East-Side était une ancienne

1. Émission de télé-réalité de MTV suivant la vie de deux jeunes mariés célèbres. *(N.d.T.)*

infirmière aux cheveux frisés, toute mince grâce à des années de pratique du yoga, qui s'appelait Ruth. Elle donnait ses cours dans son appartement somptueux et ultramoderne de la 5e Avenue. Ruth était mariée à un concepteur d'appareils ménagers au succès tout récent qui inventait des machines à laver, des réfrigérateurs et des lave-vaisselle ressemblant à des vaisseaux spatiaux et coûtant aussi cher qu'une voiture. Ils avaient cinq enfants, dont des faux jumeaux, et de temps à autre, l'un d'eux s'aventurait dans le séjour pour prendre quelque chose dans l'énorme frigo en chrome de la cuisine, sans même ciller à la vue de toutes ces femmes enceintes vautrées par terre.

Ils deviendront probablement des gynécologues psychologiquement perturbés, songea Olivia.

Ruth remonta son pantalon de yoga bizarre noir et blanc Yohji Yamamoto ton sur ton, s'accroupit par terre et plissa le visage jusqu'à ce qu'elle ressemble à un babouin tentant d'expulser un bananier entier par le cul.

— Vous vous souvenez des étapes du travail que nous avons vues au début du cours ? C'est le visage de la troisième étape. Très antisociale. Plus tard, lorsque la péridurale ne fait plus effet et que vous commencez à pousser ? Oubliez. C'est là que vous vous mettez à hurler sur votre mari pour avoir salopé le contrat de mariage. Les bébés sont peut-être beaux mais ça n'a rien de beau d'en avoir. C'est pour cela qu'on parle de *travail*.

Olivia se mit sur les coudes. Ne disposait-on pas aujourd'hui de moyens technologiques plus avancés pour faire ça ? Ne pouvait-on pas tout bêtement faire sortir le bébé au laser ?

— Maintenant c'est l'heure d'une petite gâterie. Mesdames, continuez à vous détendre par terre. Partenaires, agenouillez-vous à leurs pieds, à la place qui vous revient de droit. Maintenant mesdames, préparez-vous à un *fabuleux* massage des pieds !

Tous les autres partenaires étaient en l'occurrence les maris des futures mamans et non leurs filles de dix-sept ans. Les maris étaient censés faire des massages des pieds. Ça faisait partie du boulot. Pas les filles.

Olivia fixa les pieds de sa mère. Ils ressemblaient un peu aux siens sauf qu'ils étaient enfermés dans des chaussettes couleur chair lui arrivant aux genoux. Rien que l'idée de les toucher lui donna des haut-le-cœur.

— Commencez à travailler sur le talon droit. Tenez délicatement le pied dans une main et servez-vous de vos pouces. N'ayez pas peur d'y aller fort. Elle transporte deux personnes toute la journée. Ses pieds sont costauds !

La mort dans l'âme, Olivia attrapa le pied droit de sa mère. Une chose était sûre : à l'issue de chaque cours de préparation à l'accouchement, elle s'achèterait une paire de Manolos hors de prix qu'elle mettrait sur la carte de crédit de sa mère. Elle aurait également besoin d'une série de traitements spa à gogo afin de se débarrasser des souvenirs de tous ces fanas de contacts physiques et de ces discours sur l'accouchement, sans parler de l'odeur de pieds.

— A présent, posez son pied sur votre poitrine et tapez des doigts du gros orteil au genou. Je sais que ça peut paraître bizarre, mesdames, mais cela procure une sensation merveilleuse !

Les maris se mirent à pianoter des doigts. Ils y allaient vraiment à fond.

— Il faut que j'aille aux toilettes, annonça Olivia en laissant tomber le pied de sa mère dans un bruit sourd sur le sol moquetté de laine en flokati.

— Pourquoi n'iriez-vous pas dans la salle de bains des jumeaux ? Juste en bas du couloir, à droite, fit Ruth en venant prendre la place d'Olivia.

— Ahhh, gémit Eleanor lorsque son « coach » se mit à pianoter des doigts sur son pied.

La salle de bains était immense et moderne, à l'image du reste de la maison, mais elle était encombrée de Clearasil et de divers produits capillaires. Par terre se trouvait une caisse à litière en plastique argenté, comme si elle avait été conçue par le mari de Ruth, et de la litière pour chat était éparpillée un peu partout sur le carrelage. Olivia ignorait où se trouvait la caisse de Kitty Minky dans le somptueux appartement familial mais sûrement pas dans sa salle de bains. Dégueulasse de chez dégueulasse !

Elle se plaça devant le lavabo et fit couler l'eau, fixant son reflet dans le miroir éclaboussé de dentifrice. Ses fines lèvres étaient rabaissées aux commissures et ses petits yeux bleus, durs et coléreux. Ses cheveux châtains coupés court repoussaient moins vite qu'elle l'aurait voulu et se trouvaient à l'étape du pendillement tout mou sans style. Elle remonta sa chemise et examina son corps. Sa poitrine était toute petite et son ventre un peu mou vu qu'elle n'avait pas joué au tennis de tout l'hiver. Non pas qu'elle fût grosse ni rien. Mais peut-être que si elle était allée nager avec l'équipe de natation pour rester en forme, Yale l'aurait acceptée, et elle aurait déjà couché avec Nate et sa vie serait superbelle au lieu de…

La porte de la salle de bains s'ouvrit brusquement et les jumeaux de treize ans de Ruth, un garçon et une fille arborant des appareils dentaires et les mêmes cheveux roux frisés que leur mère, restèrent plantés à la dévisager. La fille portait un uniforme gris plissé de Constance Billard. Olivia redescendit sa chemise d'un coup.

— On cherche notre chat, lança la fille.

— Tu es lesbienne ? demanda le garçon. (Les jumeaux gloussèrent à l'unisson.) Parce que si tu es lesbienne, comment as-tu fait pour tomber enceinte ? poursuivit-il.

Pardon ???

Olivia se précipita à la porte et la leur ferma au nez, veillant bien à la verrouiller cette fois. Puis elle rabattit le couvercle de la cuvette de W.-C. et s'assit dessus. Un exemplaire usé de *Jane Eyre* était posé par terre ; elle l'attrapa. Olivia avait lu le livre deux fois. Une fois toute seule quand elle avait onze ans, puis en cours d'anglais en troisième. Maintenant qu'elle se replongeait dans les premières pages, elle s'identifiait à fond à Jane Eyre – enfermée, torturée par sa famille, sa grande intelligence et sa sensibilité complètement sous-estimées. Si seulement la salle de bains comportait une espèce de sortie de secours, genre une trappe qui donnait sur la rue. Elle sauterait dans un taxi, direction l'aéroport, prendrait un avion pour l'Angleterre, ou même l'Australie, changerait de nom, trouverait un boulot de serveuse ou de gouvernante, tomberait amoureuse de son patron, exactement comme Jane, se marierait et vivrait heureuse le restant de ses jours.

Mais avant tout elle devait se désinfecter de cette odeur dégueulasse de pieds de femmes enceintes qui avait manifestement infiltré sa peau. Sans prendre le temps de réfléchir, elle referma le livre, se leva et se fit couler un bain. Elle vida dans l'eau une capsule de crème hydratante pour le bain Kiehls au concombre, se déshabilla et sauta dans la baignoire. Voilà. Fermant les yeux, elle s'imagina allongée sur une plage australienne dans ce bikini Burberry à carreaux bleu marine et rose clair qu'elle avait failli acheter la semaine dernière, admirant son mari sexy surfer sur le Pacifique. À la tombée de la nuit, ils vogueraient au loin en yacht, boiraient du champagne et mangeraient des huîtres puis baiseraient sur le pont, ses yeux verts étincelant au clair de lune. Ses yeux verts…

Olivia s'assit dans la baignoire. Nate ! Elle n'avait pas besoin de s'enfuir après tout, pas si elle avait encore Nate. Son téléphone portable dépassait de la poche arrière de son jean, tout chiffonné par terre près de la baignoire. Elle s'en empara et composa le numéro du jeune homme.

— Ouais ? fit-il, l'air défoncé.

— Tu m'aimeras encore même si j'entre pas à Yale ? ronronna-t-elle en se rallongeant dans les bulles.

— Bien sûr que oui, répondit Nate.

— Tu me trouves grosse et déformée ? demanda-t-elle en sortant un pied nu de l'eau puis le second.

Ses orteils étaient vernis de bordeaux.

— Olivia, la réprimanda Nate. Tu es le contraire de grosse.

La jeune fille sourit et ferma les yeux. Ils avaient déjà eu cette conversation un milliard de fois auparavant mais chaque fois, elle avait le don de la faire se sentir plus belle.

— Hé, tu prends un bain ou quoi ? s'enquit-il.

— Oui oui. (Olivia ouvrit les yeux et attrapa le flacon de crème hydratante.) Dommage que tu ne sois pas là.

— Je peux venir, lui proposa Nate plein d'espoir.

Si seulement elle se trouvait chez elle, dans son bain.

— Mon ange ? fit la voix d'Eleanor Waldorf derrière la porte. Tout va bien ?

— Tout va bien, cria Olivia d'une voix perçante.

Je suis juste vautrée dans la baignoire du prof de cours de préparation à l'accouchement de ma mère, à faire l'amour au téléphone avec mon petit copain.

— Bien, n'oublie pas qu'il y a un tas de femmes enceintes à la vessie hyperactive ici !

Merci de le rappeler.

— Merde, faut que j'y aille, fit Nate. Tous ces entraîneurs de lacrosse des facs m'appellent. Ils viennent me voir jouer ce week-end.

Remarquez qu'il a pris soin de ne pas préciser de *quelles* facs il s'agissait.

— Bien, je descends à Georgetown tôt demain matin, mais je t'appellerai de là-bas, OK ?

Olivia raccrocha et, dans un jaillissement d'eau, sortit du bain et se sécha avec l'une des serviettes blanches moelleuses bien pliées en tas sur une étagère près de la baignoire. Puis elle se rhabilla et passa ses doigts dans ses cheveux humides. Son reflet dans le miroir était plus éclatant à présent, elle sentait le propre et se trouvait hyperzen grâce à la lotion au concombre. Peut-être était-ce le bain ou sa conversation coquine avec Nate mais elle se sentait comme neuve.

Dehors dans le couloir, des femmes enceintes tournaient en rond et mangeaient des mini-pizzas au fromage de chèvre et aux olives de chez Eli's. Olivia flâna près de la porte, attendant impatiemment pendant que sa mère bavardait avec Ruth de la conception du réfrigérateur qu'avait inventé son époux.

La fille de Ruth, la jumelle en uniforme de Constance Billard, arriva, un himalayen blanc dans les bras.

— Voici Jasmine, dit-elle.

Olivia la gratifia d'un sourire forcé et resserra les accroches de ses diamants à l'oreille.

— Tu fais une dépression nerveuse ? insista la fille. J'ai entendu dire que tu avais dû abandonner tes études.

La vitesse à laquelle circulait la rumeur dans l'école et bien au-delà n'était un secret pour personne. D'ici lundi, ces affreux rouquins aux sourires de fer auraient raconté à qui-mieux-mieux qu'Olivia Waldorf matait sa poitrine dans leur salle de bains, voire pire. D'un côté, Olivia avait hâte de partir à Georgetown ce week-end. Au moins, personne ne la connaîtrait et on la traiterait avec la décence et le respect qu'elle méritait.

— Maman ! cria-t-elle durement. C'est l'heure d'y aller !

Puis, exactement comme Olivia l'avait prédit, à la minute où la porte se referma derrière elle, les jumeaux diaboliques se précipitèrent dans leur chambre, se connectèrent à leur ordinateur et les messages instantanés s'échangèrent à vitesse grand V.

Avertissement : tous les noms de lieux, personnes et événements ont été modifiés ou abrégés afin de protéger les innocents. En l'occurrence, moi.

salut à tous !

L'HONNÊTETÉ, C'EST SURFAIT

Vous savez, quand tout le monde dit que l'honnêteté est une valeur essentielle et qu'une relation ouverte et franche est la seule véritable relation ? Eh bien, je pense que ce sont des conneries. Non pas que je trouve ça cool de mentir. C'est juste que parfois moins on en dit, mieux c'est. C'est vrai quoi, vous croyez être intéressants si vous n'avez aucun secret ? Où est le mystère ? L'élément de surprise ? Avouez-le, c'est superexcitant lorsque votre mec s'en va pour le week-end et que vous ignorez ce qu'il a fabriqué. Ça vous plaît bien que ce type pour lequel vous craquez organise une fête mais reste dans son coin la plupart du temps ou quitte la salle pour passer un mystérieux coup de fil. N'est-ce pas plus attirant d'imaginer que tous ceux que vous connaissez mènent une double vie ?
Et, reconnaissons-le, si l'honnêteté était réellement ce que nous souhaitions, nous ne nous casserions pas autant les uns et les autres, en prenant carrément notre pied en plus. Pas vrai ?

VOS E-MAILS

Q: Chère GG,
Ça paraît bizarre mais ma mère donne des cours de préparation à l'accouchement dans notre séjour et cette lycéenne de mon école était là hier soir avec sa mère vachement trop vieille pour avoir un bébé. Bref, cette nana s'est enfermée dans la salle de bains pendant genre une heure puis elle est ressortie toute mouillée. Tout le monde dans ma classe a trop peur d'elle et la trouve hypercool mais maintenant je sais qu'elle est folle, c'est tout. Pas étonnant qu'elle n'ait pas été admise à la fac.
— newsworthy

R: Chèr(e) newsworthy,
Tu dis qu'elle est lycéenne ? Ma belle, on est TOUTES folles !
— GG

Q: Chère GG,
Mon cousin va à Yale et fait visiter la fac aux futurs étudiants. On lui a dit qu'il n'y avait pas de liste d'attente à Yale. Ils envoient juste des lettres pour respecter un quota national, un truc dans le genre.
— drea

R: Chère drea,
Aah ! Ça me semble assez flippant pour être vrai.
— GG

ON A VU

D, boire un café d'adieu dans un petit restau sur **Broadway**. **J**, adopter la démarche de top model de défilé dans l'allée centrale du bus qui traverse la ville de la 79e Rue. **S**, sauter dans la navette aérienne pour **Boston**. J'imagine qu'elle prend hyper au sérieux cette histoire de prise de décision. **O**, descendre l'une de ces mignonnettes de vodka dans son avion pour Washington DC – se préparer mentalement à **Georgetown**. **V**, balancer une pancarte RÉSERVÉ AUX FILLES qu'elle avait volée dans les toilettes d'un bar de **Williamsburg**. **C** et son père prendre leur jet privé. Pour convaincre une institution crédule de l'accepter à la rentrée ? Papa portait une mallette – imaginons qu'elle était remplie d'argent.

Souvenez-vous, tout le monde, nous avons près de trois semaines pour décider dans quelle fac nous souhaitons entrer. Utilisons ce temps judicieusement. Hi hi hi… Moi c'est ce que je vais faire, vous le savez bien.

Vous m'adorez, ne dites pas le contraire.

gossip girl

quand un harvardien crétin vole le cœur de s

Serena descendit de la limousine du Logan Airport et trébucha sur le chemin dallé qui menait au bureau des admissions de Harvard, le corps tout vibrant de caféine à cause de l'immense cappuccino Starbucks qu'elle avait bu dans l'avion. C'était une matinée de printemps ensoleillée – plus fraîche qu'à New York – et Cambridge grouillait de vendeurs ambulants et d'étudiants branchés et bohèmes traînant sur des bancs et buvant du café. Elle se demanda comment Harvard avait gagné cette réputation de sérieux et d'intimidation alors que tout semblait si cool et *non intimidant*.

Le garçon qui lui ferait visiter la fac l'attendait à la porte. Grand et brun, lunettes à monture d'argent, l'intello par excellence, beau gosse et ringard à souhait.

— Je suis Drew, dit-il en lui tendant la main.

— J'adore déjà cet endroit, s'exclama Serena, en rajoutant une couche en lui serrant la main.

Elle avait tendance à se répandre en compliments quand elle était nerveuse, bien qu'elle ne fût pas nerveuse à proprement parler, juste surcaféinée.

— Je peux te faire faire la visite standard de deux heures, ou peut-être serait-il mieux que tu me dises ce que tu veux voir, suggéra Drew.

Ses yeux était marron clair et il portait un pull de coton beige à torsades et un pantalon de velours côtelé olive si impeccablement repassé que Serena n'avait aucun mal à l'imaginer chercher le paquet de J. Crew que sa mère lui avait envoyé et enfiler les vêtements aussitôt après les avoir sortis du carton. Elle aimait bien quand les mecs faisaient attention à la mode mais c'était presque plus séduisant lorsqu'un garçon était sexy *en dépit de* la tenue ringarde que maman-venait-juste-de-lui acheter.

— J'aimerais vraiment voir ta chambre, dit-elle, sans même prendre le temps de réfléchir à ce qu'elle pouvait insinuer.

En fait c'était vrai. Elle souhaitait réellement voir à quoi ressemblaient les résidences universitaires.

Drew s'empourpra et Serena rougit à son tour. Et brusquement elle comprit – elle avait fréquenté une école de filles depuis le cours préparatoire. Que des filles pendant douze ans. La fac regorgerait de *garçons*. Des garçons toute la journée, tous les jours. *Des garçons, des garçons, des garçons.*

Youpi !

— Tu as faim ? lui demanda Drew. La cafète de ma résidence propose des plats plutôt décents. Je pourrais te montrer l'une des plus grandes bibliothèques puis nous pourrions nous balader, déjeuner et je te ferais visiter la résidence. Elle est mixte, donc…

Il rougit de nouveau et remonta ses lunettes sur son nez.

— Parfait, souffla Serena.

Ils sortirent du bureau des admissions et Drew l'emmena dans un long passage piétons qui traversait Harvard Yard. La pelouse plus verte que verte grouillait d'étudiants qui jouaient au frisbee ou lisaient. Un professeur corrigeait des copies sous un érable.

— Voici Widener, la bibliothèque de lettres, dit Drew alors que Serena gravissait derrière lui les marches majestueuses du bâtiment. Je suis étudiant en musique et en chimie, de fait je ne passe pas beaucoup de temps ici, expliqua-t-il en lui tenant la porte. (Ils pénétrèrent dans l'espace frais et calme et il désigna du doigt une vitrine de verre fermée à clé posée contre le mur opposé.) Ils ont une collection plutôt géniale de manuscrits originaux. Tu sais, des papyrus de la Grèce ancienne, tout ça.

Des papyrus ?

Drew attendit patiemment, les mains dans les poches de son pantalon impeccablement repassé, qu'elle l'interroge sur la bibliothèque. Mais Serena était trop absorbée par *lui*. Elle avait déjà décidé qu'il était mignon, mais un garçon qui employait des mots tels que *papyrus*, tout en restant sérieux comme un pape, était carrément irrésistible !

Elle entortilla une mèche blonde autour de son doigt et regarda le plafond de la bibliothèque, comme fascinée par son design.

— Tu étudies la musique ? Tu joues d'un instrument ?

Drew regarda par terre et marmonna quelque chose d'inaudible.

Elle se rapprocha de lui.

— Pardon ?

Il s'éclaircit la gorge.

— Du xylophone. Je joue du xylophone dans l'orchestre.

Et dire qu'elle pensait que le xylophone n'était qu'un instrument d'enfant, inventé pour qu'il y ait au moins un mot dans l'alphabet qui commence par la lettre *x* ! Serena frappa dans ses mains, aux anges.

— Je pourrais t'entendre jouer ?

Drew la gratifia d'un sourire hésitant.

— J'ai une répétition à trois heures mais je ne fais qu'apprendre. Tu ne voudrais sûrement pas poireauter sans rien faire…

Serena avait commandé une voiture pour qu'elle l'emmène à Providence cet après-midi visiter Brown. Son frère Erik fréquentait cette université et pour une fois il lui ferait visiter le campus au lieu de lui bourrer la gueule avec ses colocs dans sa maison à l'extérieur du campus. Mais ce n'était qu'Erik. Il comprendrait si elle était en retard.

Quand vous avez dix-sept ans, que vous êtes blonde et sublime, vous pouvez toujours vous permettre d'être en retard.

— Bien sûr que j'attendrai. (Elle prit Drew par le bras et l'entraîna hors de la bibliothèque.) Viens, je meurs de faim !

Qui avait besoin de bibliothèques pleines de papyrus alors que Harvard avait bien plus à offrir ?

o détonne à g-town

— Je m'appelle Rebecca Reilly et je serai ton hôte ce week-end. Tiens, voici un badge, une carte et un sifflet. S'il te plaît, mets le badge et garde la carte et le sifflet avec toi en toutes circonstances.

Olivia dévisagea la petite blonde peroxydée tout exaltée devant elle. Elle n'avait rien contre l'exaltation en soi. Elle-même y avait parfois recours lorsqu'elle voulait qu'une styliste telle que Kate Spade fasse don de sacs-cadeaux pour l'une de ces grosses soirées de charité qu'elle présidait, ou lorsqu'elle avait besoin qu'un professeur la laisse sortir plus tôt pour les soldes de chez Chloé. Mais faire preuve d'exaltation sincère auprès de vos *pairs* était tout bonnement triste à mourir et désespéré.

— Un sifflet ? répéta Olivia.

Pendant tout son trajet en avion, elle avait imaginé que ce voyage ne servirait qu'à flatter son amour-propre. Elle passerait la journée avec un ringard qui lui ferait visiter la fac et elle se sentirait plus sophistiquée et intelligente que lui. Plus tard elle prendrait une chambre au Ritz Carlton de Washington ou dans un grand hôtel tout aussi classe et passerait la nuit dans son jacuzzi privé à carburer au champagne et à refaire l'amour au téléphone avec Nate.

— Georgetown donne des sifflets à toutes ses étudiantes. Nous possédons un groupe très puissant de plaidoyer féminin. Et il n'y a pas eu de viols sur le campus ou de harcèlement ces deux dernières années ! lança Rebecca de son ton nasillard du Sud.

Elle gratifia Olivia d'un sourire rayonnant derrière d'épais cils au mascara bleu. Ses cheveux blonds décolorés et permanentés sentaient les produits capillaires Finesse et ses Reebok de cuir blanc étaient si neufs qu'ils semblaient n'avoir jamais été portés en dehors du centre commercial.

Olivia ôta d'une pichenette un cheveu sur la manche de la veste de son nouveau tailleur Marni rose.

— Il faut que je réserve une chambre d'hôtel pour ce soir

Rebecca lui prit le bras.

— Ne sois pas bête, trésor. Tu dormiras chez mes copines et moi. Nous avons une piaule qui est trop *tooop* et tu passeras le meilleur moment de ta *viiiiiie* car ce soir nous sortons entre filles aux Southern Belles.

Euh ??? Depuis quand une fête entre filles était censée être une… fête ???

— Super, répondit mollement Olivia.

Si seulement elle avait pensé à réserver une chambre. Elle jeta un œil aux autres visiteurs accueillis par leur hôte. Tout le monde, hôtes comme visiteurs, ressemblait étrangement à Rebecca. Comme s'ils avaient tous grandi dans ces villes de centre commercial de banlieue où tout le monde était blond, propre et heureux et ne se prenait pas la tête. Olivia avait l'impression d'être une alien brune, à la coupe de lutin, élégante, cynique et blasée parmi elles.

En fait voilà justement que se présentait le genre d'opportunité dont elle rêvait, de donner libre cours à sa vanité. *Vous voyez, je suis différente, plus intelligente, et* mieux *que ces filles*, se dit-elle. Au moins elle ne s'était jamais rabaissée à teindre en blond ses cheveux couleur noix naturels.

— Viens, on commence la visite !

Rebecca attrapa la main d'Olivia comme si elles avaient quatre ans et l'entraîna hors du bureau des admissions. Le soleil étincelait sur Potomac River et les flèches de l'ancienne chapelle jésuite de l'université se dressaient majestueusement du haut de la colline. Olivia dut reconnaître que le vieux campus de l'université était magnifique et que la ville de Georgetown était bien plus sympa et plus propre que New Haven. Mais il manquait clairement cette ambiance unique propre à Yale, du style « nous-sommes-les-premiers-de-la-classe ».

— Juste devant toi à ta gauche tu verras une grande structure moderne. C'est notre bibliothèque Lauinger architecturale qui a gagné des tas de récompenses, avec la plus grande collection de…

Rebecca avança à reculons devant Olivia dans un chemin piéton dallé, radotant sur des événements chiants sur Georgetown. Olivia coupa le son, gardant les yeux rivés sur le flot d'humains qui s'entrecroisaient sur le campus principal. Des garçons et des filles vêtus de Brooks Brothers ou Ann Taylor de la tête aux pieds se dirigeaient avec détermination vers la bibliothèque, leurs sacs Coach gonflés de livres. Olivia prenait le travail scolaire au sérieux mais c'était samedi. Ces gens n'avaient-ils rien de mieux à faire ?

Rebecca s'arrêta brusquement et colla sa paume sur son front.

— Trésooor, j'ai *trop* la gueule de bois. Marcher à reculons me donne *trop* des vertiges, je crois que je vais dégueuler !

Olivia voulait dire quelque chose, comme quoi la situation dans son ensemble *lui* donnait envie de gerber mais bon, comme la plupart des situations…

— Pourquoi on ne s'assied pas quelque part pour prendre un… café, suggéra-t-elle, ravie d'avoir l'air aussi normale et amicale, alors que tout ce dont elle avait besoin c'était d'une vodka-martini hyperforte.

Rebecca balança ses bras autour du cou d'Olivia.

— Voilà une fille comme je les aime ! cria-t-elle d'une voix perçante. Je suis complètement *accro* aux macchiatos au caramel, pas toi ?

Beurk.

Il n'était que quatorze heures. Un café ferait l'affaire.

— Il y a un bar pas loin ?

Rebecca passa son bras sous celui d'Olivia.

— Bien sûr que oui !

Elle sortit d'un coup son Nokia rose et blanc étincelant.

— Donne-moi une minute pour réunir les filles. Pourquoi on ne commencerait pas plus tôt notre soirée Southern Belles ?

Olivia grimaça et tripota son portable dans son sac *bubble* Prada vert menthe. Elle avait déjà la nostalgie de Nate. Si seulement elle avait emprunté la flasque en argent qu'il trimballait partout avec lui, au moins elle aurait eu un souvenir de lui et une dose de vodka pour son macchiato.

Rebecca leva les yeux du petit marathon téléphonique qu'elle faisait avec ses copines. Elle mit sa main devant le micro.

— Elles sont déjà dans un bar, murmura-t-elle, les joues s'empourprant d'un rose gêné et exalté. Sur M Street. Ça te dérange si on les retrouve là-bas ?

— D'accord, acquiesça Olivia de bon cœur.

Donnez-lui un cocktail et une cigarette et n'importe quelle compagnie ferait l'affaire.

le veulent-elles à tout prix ?

— Mec, tu m'avais jamais dit que les entraîneurs étaient tous des meufs, siffla Jeremy Scott Tompkinson, l'un des meilleurs potes de Nate, en passant devant lui à toute allure pour récupérer une longue passe.

Nate fit tourner sa batte de lacrosse au-dessus de sa tête et attendit que son copain l'ait dépassé pour s'interposer et prendre la passe lui-même. C'était un genre de manœuvre de frimeur mais efficace. De plus, il était justement censé frimer. Il renvoya la balle à Jeremy, montrant ses aptitudes à bosser en équipe comme Michaels le coach le lui avait demandé. Puis les deux garçons regagnèrent ensemble le centre du terrain en courant.

— La grande, c'est l'entraîneur de Yale. La petite, la nana des admissions de Brown qui m'a fait passer l'entretien, expliqua Nate. L'entraîneur de Brown n'a pas pu venir à cause d'un match.

— Mais, mec, c'est des gonzesses ! répéta Jeremy, sa coupe de rock star ébouriffée voletant sous la brise alors qu'il trottait. Pas étonnant que t'aies été reçu !

Nate sourit intérieurement en essuyant la sueur qui perlait sur son front. Ça aurait pu être sympa de croire qu'il était complètement inconscient de sa perfection, mais la vérité, c'est qu'il savait parfaitement combien il était sexy. Il ne se la pétait pas, voilà tout.

Sur la ligne de touche, les deux femmes l'observaient attentivement.

Puis Michael le coach donna un coup de sifflet.

— Faut que je m'en aille tôt aujourd'hui, les gars ! cria-t-il en crachant dans l'herbe. La patronne et moi on fête notre quarantième anniversaire ce mariage ce soir. (Il fourra ses mains noueuses dans son coupe-vent Land's End vert foncé puis désigna Nate d'un signe de tête avant de cracher de nouveau dans l'herbe.) Viens par ici, Archibald.

Nate suivit l'entraîneur jusqu'à l'endroit où se tenaient les deux universitaires.

— Ce serait bien d'avoir notre propre terrain, confia Michaels aux femmes. (Il désigna d'un geste l'étendue de pelouse de Central Park où les coéquipiers de Nate démontaient les buts.) Mais quand vous jouez en ville, vous faites avec ce que vous avez.

Comme s'ils étaient franchement mal lotis.

Sur un banc pas loin, quatre filles de seconde en uniforme vert écossais de Seaton Arms gloussèrent et chuchotèrent, les yeux amoureusement rivés sur Nate.

— Au moins, dans le parc, vous êtes sûr d'avoir un public, observa l'entraîneur de Yale.

Elle était grande et avait l'air chevalin, avec une crinière de cheveux blonds et un beau visage angulaire. Un vendeur ambulant proposait des boissons et de la glace dans un chariot garé près des bancs. Elle dézippa la poche avant de son sac à dos bleu marine arborant la décalcomanie du bouledogue gris de Yale.

— Puis-je vous offrir deux Gatorades ?

— Non merci, m'dame. J'dois rentrer retrouver la patronne. (Michaels la coach serra la main aux deux femmes puis tapa sur le dos de Nate.) C'est un gamin talentueux. Faites-moi savoir, si vous avez d'autres questions.

L'entraîneur s'en alla et Nate donna un grand coup dans la nouvelle herbe de printemps avec sa batte de lacrosse.

— Je ferais mieux de rentrer chez moi prendre une douche, marmonna-t-il, ne sachant pas trop ce qu'avaient prévu les deux femmes.

Brigid, celle qui lui avait fait passer son entretien d'entrée à Brown, le regardait avec l'air d'attendre quelque chose. Elle lui avait laissé un message sur son portable lui demandant de la retrouver dans le hall du Warwick New York Hotel à dix-sept heures pour « discuter de ses options ».

Quoi que cela signifie.

L'entraîneur de Yale lui tendit un sac de sport en nylon bleu sur lequel était estampé un *Y* de cuir blanc.

— Avec les compliments de l'équipe, dit-elle. Ton chandail, ton short et tout et tout sont dedans. Slip de sport. Même les chaussettes.

Le visage de Brigid s'assombrit. Elle n'avait sûrement pas pensé à ça.

— On se voit toujours plus tard ? s'empressa-t-elle de demander. Je pourrais t'inviter à dîner.

Ses cheveux étaient blond vénitien, ce dont Nate ne se souvenait pas quand il l'avait rencontrée en octobre et il se demanda si elle les avait teints. En fait elle était beaucoup plus mignonne que dans ses souvenirs et ça lui plaisait bien qu'elle n'ait pas tenté de le séduire avec un sac rempli de sweat-shirts de Brown et d'autres merdes. Même s'il décidait d'entrer à Yale, avait-il véritablement besoin d'un slip de sport à l'effigie de l'université ?

— Je serai là, dit-il. (Puis il tendit la main à l'entraîneur de Yale.) Merci d'être venue.

Mais celle-ci n'abandonnait pas aussi facilement.

— Et si je t'invitais à bruncher demain matin vers onze heures ? Je suis à l'Hôtel Wales sur Madison – il y a un Sarabeth juste en bas. Leurs pancakes sont superbons.

Nate constata que la jeune femme avait une très belle poitrine – grosse mais ferme. Elle ressemblait à l'une de ces joueuses de volley olympiques supersexy.

— Bien sûr, acquiesça-t-il. Un brunch, ça me dit bien.

C'était plutôt grisant que deux des universités les plus sélectes du pays lui fassent de la lèche comme ça et ce serait drôle de voir à quel prix elles le désiraient.

les upper west siders se défilent

— Dis-moi, honnêtement, c'est obscène ? demanda Jenny.

Vanessa était perchée sur le bord du lit de la collégienne et la filmait alors qu'elle choisissait une tenue pour sa future séance photos. Elle était censée aider Dan à faire ses cartons mais il avait découvert un calepin rempli de poèmes qu'il avait écrits quand il avait treize ans et était occupé à chercher un petit bijou de poésie recyclable.

Bonne chance, mon grand !

Jenny s'était mentalement préparée à débarquer à la séance photos sans soutien-gorge, chose qu'elle ne faisait jamais, du moins en public. En plus elle avait décidé de porter un T-shirt bleu clair plutôt moulant.

— Alors, qu'en penses-tu ?

— Oui, c'est obscène, répondit Vanessa sans ambages, en veillant bien à continuer à cadrer au-dessus des épaules de la jeune fille, afin que son film ne passe pas de « Certaines scènes déconseillées aux moins de 13 ans » à « Strictement interdit aux moins de 17 ans ».

— Vraiment ?

Jenny se retourna pour jeter un œil à son cul dans le miroir derrière la porte de son armoire. Dans son nouveau jean Earl, ses jambes paraissaient beaucoup plus longues que dans n'importe quel autre jean. Une véritable prouesse.

Vanessa fit un panoramique sur la chambre. C'était une chambre d'adolescente typique, décorée en rose et blanc, des collages de photos provenant de magazines de mode scotchés au mur et une étagère remplie de romans pour ados et de Barbies à moitié dénudées qu'elle n'avait jamais jetées. L'art aux murs était clairement unique, en revanche. Une réplique parfaite du *Baiser* de Klimt, une copie impressionnante des *Moulins* de Van Gogh et un génial coquelicot à la O'Keeffe – le tout méticuleusement reproduit par Jenny en personne.

Vanessa refit la mise au point sur son sujet.

— Pourquoi tu n'essaies pas une chemise noire ? suggéra-t-elle. Avec un soutif.

Le visage de Jenny s'assombrit.

— C'est aussi moche que ça ?

Son père apparut sur le pas de la porte ouverte, ses longs cheveux gris rêches attachés au-dessus de sa tête avec un élastique de sa fille.

— Nom de Dieu, ma fille, enfile un pull ou autre chose, haleta Rufus. Que vont penser les voisins ?

Jenny savait que son père se moquait d'elle mais l'opinion générale était on ne peut plus claire. Elle sortit un pull de son placard et l'enfila par la tête.

— Merci tout le monde, c'est trop bon de savoir que vous vous souciez de moi. (Elle darda un regard noir sur son père.) Aucune chance que j'emménage chez toi moi aussi ? demanda-t-elle à Vanessa.

— Hors de question, répliqua Rufus. Qui boira tout le jus d'orange avant même que je sois debout le matin ? Qui remplira de vernis à ongles le compartiment à beurre du frigo ? Qui fera déteindre du rose sur mes chaussettes noires ?

Jenny roula des yeux. Son père serait vraiment bien seul, livré à lui-même. Et elle ne voulait pas réellement vivre avec Dan et Vanessa de toute façon. Pas quand ils étaient pratiquement mariés et tout et tout. Ce serait carrément trop glauque.

Brusquement Vanessa culpabilisa de piquer Dan à Rufus alors que sa mère était partie voilà des années vivre à Prague avec un baron, genre.

— Nous viendrons dîner les week-ends, proposa-t-elle, sans conviction. Ou vous pourrez venir à l'appart et faire la cuisine.

Ruby a des tas de trucs de cuisine géniaux. Ce serait bien que quelqu'un m'apprenne à m'en servir.

Rufus s'illumina.

— Nous pourrons faire des travaux dirigés de cuisine !

Vanessa tripota son objectif, tentant d'avoir Rufus dans son champ.

— Monsieur Humphrey, ça vous dérange si je vous pose quelques questions ? demanda-t-elle.

Rufus s'assit par terre et attira Jenny vers lui.

— Nous adorons l'attention ! dit-il en pinçant sa fille sur la côte.

— Papa, gémit Jenny en croisant les bras sur sa poitrine bien qu'elle portât le sweat-shirt.

— Alors qu'est-ce que ça fait d'avoir un fils assez vieux pour entrer à la fac et quitter le cocon familial ?

Rufus tira sur sa barbe poivre et sel, rêche et indomptée. Il souriait mais ses yeux noisette étaient tristes et liquides.

— Si tu veux savoir, il aurait dû partir voilà bien longtemps. Les familles américaines pourrissent leurs gosses. Ils devraient commencer l'école dès qu'ils savent garder la tête droite et partir de chez eux à quatorze ans. (Il pinça de nouveau la côte de Jenny.) Juste au moment où ils commencent à en vouloir à leur père.

— Papa, gémit de nouveau Jenny. (Puis elle s'illumina.) Hé, ça veut dire que je pourrai prendre la chambre de Dan ? Elle est genre deux fois plus grande que la mienne.

Rufus fronça les sourcils.

— Ne nous emballons pas, marmonna-t-il. Il aura toujours besoin d'une chambre. (Il arqua un sourcil broussailleux à l'attention de Vanessa.) Tu pourrais le foutre à la porte. Il pourrait même se faire virer de la fac !

— Mais tu viens de dire… commença Jenny, puis elle se tut. (Son père se contredisait toujours. Elle devrait y être habituée depuis le temps.) Bref, une fois que je gagnerai de l'argent avec mes photos de mode, je pourrai redécorer cette pièce, ajouta-t-elle.

Rufus roula théâtralement des yeux pour la caméra et Jenny le frappa au bras. Puis Dan surgit sur le pas de la porte. Il portait un polo Lacoste vert pomme que sa mère lui avait envoyé voilà quelques années. Il était trois fois trop petit pour lui et lui donnait l'allure d'un joueur de golf abruti sous cocaïne.

— Ce polo reste ici, ordonna Vanessa.

Dan gloussa, ôta le polo par la tête et le jeta dans le panier à linge sale de sa sœur.

— Hé, pleurnicha Jenny. T'as un panier à linge, toi aussi !

— C'est juste un polo ! Tu vas pas mourir, grogna Dan en retour.

Puis Jenny partit d'un fou rire. Dan se prenait pour un tombeur parce qu'il avait eu un poème publié dans le *New Yorker* et avait été accepté dans toutes ces facs mais, torse nu, il était vraiment chétif. Et n'était-ce pas pitoyable qu'il fasse absolument tout ce que Vanessa lui demandait comme un petit toutou ?

— Tu vas me manquer, Dan, soupira Jenny dans une fausse tristesse.

Rufus sortit un parquet de mini-cigares de sa poche arrière et en proposa à tout le monde sans exception. Puis il en alluma un et se mit à tirer des bouffées.

— Peut-être est-ce pour le mieux, soupira-t-il.

Vanessa éteignit sa caméra et fit rouler son cigare non allumé entre ses lèvres. Difficile de ne pas culpabiliser quand Rufus avait l'air si triste, mais elle avait malgré tout hâte d'avoir Dan rien qu'à elle, vingt-quatre heures sur vingt-quatre, sept jours sur sept. Ses yeux étaient rivés sur son torse pâle et osseux. C'était celui d'un artiste torturé. Son homme.

— Prêt ? lui demanda-t-elle en le gratifiant d'un grand sourire, tout excitée.

Dan lui rendit son grand sourire. Il n'était toujours pas redescendu de son petit nuage et avait bien l'intention d'y rester un moment.

— Prêt, répondit-il hardiment.

Reste à espérer qu'il emportera d'autres T-shirts.

gossipgirl.net

thèmes ◀ précédent suivant ▶ envoyer une question répondre

Avertissement : tous les noms de lieux, personnes et événements ont été modifiés ou abrégés afin de protéger les innocents. En l'occurrence, moi.

salut à tous !

L'EMMERDEUSE

Vous voyez de qui je parle. Celle qui se prend pour une bombe, pour un génie et qui croit que tous les mecs craquent pour elle. Elle crie : « Moi ! Moi ! Moi ! » en levant le doigt dès que le prof pose une question. Elle est la nana de la classe la plus contente d'elle mais flippe à l'idée d'avoir l'air *trop* contente d'elle. Alors elle glousse sans arrêt et joue les idiotes pour dissimuler son prétendu génie. Et c'est la pire ivrogne, la plus grande arsouille que l'on ait jamais vue. Si ses potes n'étaient pas là, elle tomberait ivre morte dans une flaque de vomi par terre dans les toilettes ou terminerait chez elle avec une espèce de vieux pervers chelou. Mais apparemment ses amies la prennent systématiquement en pitié et le lendemain, elle est plus dynamique que jamais, tout sourires, comme si de rien n'était.

Le problème de l'Emmerdeuse, qu'on le veuille ou non, c'est que nous avons toutes un peu d'elle en nous. Voilà pourquoi nous adorons tant la détester. Elle incarne notre pire cauchemar. C'est vrai, quoi, combien de fois avons-nous voulu lever le doigt parce que nous connaissions la réponse pour finalement nous retenir tellement nous ne voulions pas passer pour une idiote ? Et combien de fois avons-nous voulu nous asseoir sur les genoux d'un garçon et l'embrasser mais nous sommes retenues de peur qu'il se foute de nous ? En un sens, l'Emmerdeuse, c'est nous, l'insécurité en moins. Elle est tellement contente d'elle qu'on a envie de lui donner des baffes. Mais on espère secrètement être aussi détestable sans se soucier de ce que pensent les autres. Reconnaissez-le, tout le monde trouvera toujours des raisons de nous détester, surtout si nous sommes belles.

Toutefois, tout semble sourire à une certaine blonde. Non seulement elle a été admise dans toutes les facs hyperselect où elle avait postulé, mais en plus elle a déjà réussi à ce que tous les garçons de toutes ces universités fassent la queue pour l'accoster.

VOS E-MAILS

Q: Chère GG,

Il paraît qu'il se passe un énorme scandale de contrefaçon. Genre, tu peux payer quelqu'un pour qu'il te fabrique des lettres d'admission hyperconvaincantes pour entrer, genre, à Princeton ou ailleurs et les facs ne peuvent rien déceler tellement elles font vraies.

— wiz

R: Chère wiz,

Tout s'achète de nos jours. Mais si tu n'étais pas une élève suffisamment brillante pour entrer dans une fac aussi select que Princeton par tes propres mérites, voudrais-tu véritablement jouer les impostrices ? C'est vrai, quoi, au final, tu seras bien obligée de bosser !

— GG

ON A VU

C'est tout chaud : **S** et un **Harvardien** binoclard ringard mais mignon, partager des frites dans l'une des cantines de Harvard. Elle a très bien choisi ses critères de sélection universitaire. De beaux gosses, OK. De bonnes frites, OK. **O**, traîner avec ses nouvelles copines dans un bar karaoké à **Georgetown**. C'est clair, elle est en pleine dépression. **N,** faire des passes en privé avec la blonde toute en jambes qui entraîne l'équipe de lacrosse de **Yale**. Si vous voyez ce que je veux dire. Comme s'il ne cachait pas déjà suffisamment de trucs à **O.** Petite **J** dans cette minuscule boutique de soutifs du Village où un regard suffit pour que les vendeuses vous disent que vous ne faites pas du tout la taille que vous pensiez. Dans son cas, un bonnet *E* !! **V** et **D** à **Williamsburg,** faire les courses à l'épicerie ensemble. En fait, ils se disputaient pour savoir s'ils achetaient des spaghettis ou des pâtes à la forme plus intéressante – et ouais, déjà mariés !
En attendant, revenons à nos moutons : j'ai bien l'intention de mettre un survêt et de me faire passer pour un entraîneur de lacrosse. Qui sait, j'aurais peut-être de la chance ?
Soyez sage. Vous savez que moi non.

Vous m'adorez, ne dites pas le contraire.

gossip girl

trente secondes de grand amour

Serena prit les joues de Drew dans ses mains et souffla de la vapeur dans ses lunettes. Puis elle nettoya les verres avec le bout de son nez parfait.

— Promets-moi que tu viendras à New York ?

Elle avait passé toute l'après-midi assise à côté de Drew dans les fauteuils d'orchestre pendant les répétitions. Le chef d'orchestre l'avait même laissée jouer des timbales et des cloches ! Naturellement elle avait eu du mal à rester en mesure et à observer Drew au xylophone. Sa façon de fermer les yeux, de serrer les lèvres et de taper du pied en jouant était plus qu'adorable. Après les répétitions, il lui avait offert un cappuccino au café et ils s'étaient mis à partager un brownie. Mais entre-temps, Serena était tombée tellement amoureuse qu'elle avait dû l'entraîner dans sa chambre pour un cours particulier dc xylophone.

Oui oui.

Non pas qu'elle lui eût enlevé son pantalon de velours J. Crew si bien repassé – il n'était pas ce genre de garçon ! – mais il savait assurément bien embrasser. Voilà qu'ils étaient enlacés sur son petit lit, leurs vêtements tout froissés et leurs cheveux tout emmêlés. Serena voulait rester ainsi tout le week-end, mais malheureusement elle devait partir.

Drew ôta ses lunettes et les essuya sur sa taie d'oreiller. Il les rechaussa puis s'éclaircit la gorge.

— Alors, tu penses t'inscrire ici à la rentrée ?

— A fond, souffla Serena. (Elle fourra sa tête contre son torse.) Je ne sais pas comment je tiendrai d'ici là sans toi.

Dans deux semaines, Drew passerait en troisième année. Puis il partirait tout l'été au Mozambique apprendre les percussions.

Drew lui embrassa les cheveux.

— Je viendrai te voir avant de partir et ensuite, je t'écrirai tous les jours.

Waouh.

Serena ferma les yeux et l'embrassa très très longuement. C'était l'heure du dîner et la résidence universitaire était tranquille. Puis, d'un seul coup, des voix résonnèrent dans le couloir à mesure que les étudiants regagnaient leurs chambres pour faire tout ce que font les élèves après dîner – étudier, flirter avec une bombe dans le couloir ; étudier, tripoter la bombe dans le couloir, faire semblant d'étudier, concocter des cocktails, jouer au strip-poker, commander une pizza.

La porte s'ouvrit et Drew s'éloigna d'elle.

Un rouquin en casquette de base-ball rouge et short de basket noir se tint sur le pas de la porte.

— Salut. Qu'est-c'qui s'passe ? fit-il avec un accent du Massachusetts très prononcé.

— Wade, Serena. Serena, Wade, mon coloc. Serena habite à New York. Elle va repartir à Brown, expliqua Drew, paniqué.

Serena s'assit et s'essuya la bouche.

— Juste venue visiter Harvard, constata Wade d'un ton moqueur. Ça t'a plu, j'imagine.

Serena s'empourpra davantage. Elle balança ses pieds par terre et les glissa dans ses ballerines Calvin Klein en daim marron.

— Je ferais mieux d'y aller. Mon chauffeur m'attend depuis plus d'une heure.

— Je te raccompagne, proposa Drew.

Dès qu'ils furent sortis de la chambre et qu'ils empruntèrent le couloir jusqu'à la sortie, Drew serra affectueusement la main de la jeune fille.

— Depuis deux ans, Wade me fait chier parce que je n'ai pas de petite copine. Je crois qu'il ne s'attendait pas à me voir avec quelqu'un d'aussi...

Il hésita puis se mordit la lèvre, comme si le torrent d'adjectifs prêts à se déverser de sa bouche le gênait.

Sexy à vous faire venir l'eau à la bouche ? Suprêmement fabuleuse ? Superbement succulente ? *Femme ?*

Serena le gratifia d'un grand sourire quand il lui tint la porte, les joues roses d'une bouffée d'amour. Drew n'avait pas à terminer sa phrase. Elle savait ce qu'il ressentait : elle éprouvait exactement la même chose pour lui.

Une Lincoln grise l'attendait en bas des marches, prête à l'emmener sur-le-champ à Providence. Elle mit ses bras autour du cou de Drew, colla sa joue contre la sienne et respira un bon coup, dans l'espoir d'absorber un maximum de lui. « Je t'aime », lui murmura-t-elle à l'oreille avant de se détacher, de descendre les marches quatre à quatre et de monter en voiture.

Drew leva la main pour lui dire au revoir et le véhicule démarra, laissant Serena sourire, pleurer, plus heureuse qu'elle ne l'avait été depuis très très longtemps. Enfin elle avait trouvé le grand amour.

Un amour qui durerait au moins trente secondes.

o apprend quelque chose à la fac

— OK, vous voulez entendre un truc hypercrade ? demanda Forest, l'une des colocs de Rebecca à Georgetown, au groupe.

Olivia était assise à une table en compagnie de Rebecca et de ses trois colocs, au fond du Moni Moni, un bar karaoké merdique de Georgetown. Des Hongrois en survêts ringards, en voyage touristique, monopolisaient le karaoké et mettaient tout leur cœur dans *Staying alive* des Bee Gees. Les filles descendaient des cocktails glacés verts aromatisés au kiwi, baptisés Kiwi le Bonhomme de Neige, tout en feignant d'ignorer combien la pseudo-musique était insupportable. Les boissons étaient ridiculement fortes et elles avaient du mal à formuler des phrases entières.

— Je suis sûre que tu vas nous le dire, même si on ne veut pas le savoir, répondit Gaynor.

Celle-ci avait des cheveux bruns méchés de blond et un nez tellement retroussé qu'Olivia pouvait carrément voir à l'intérieur.

Non pas qu'elle regardât réellement.

— Bon, alors tu nous dis ? geignit Rebecca.

— OK, dit lentement Forest.

Elle alluma une cigarette et marqua une pause pour l'effet. Forest était coréenne-américaine et avait des cheveux blonds décolorés qui auraient été dix fois plus beaux si elle avait gardé son châtain naturel.

Mais Olivia n'en avait tellement rien à foutre qu'elle ne dit rien.

— Vous savez que Georgetown est censée être une fac toute dégoulinante d'amour fraternel, sans associations étudiantes, et que tout est supposé être non compétitif et tout et tout ? Eh bien, je viens juste de découvrir qu'il existe une association clandestine de lacrosse et pendant la semaine d'accueil des étudiants, les anciens font manger aux jeunes un biscuit avec leur sperme dessus. Genre, c'est le gros rituel. Et si tu refuses de manger le biscuit, tu n'entres pas dans l'équipe.

Tout le monde grimaça, y compris Olivia. Parfois les garçons étaient vraiment… crades. À part Nate, qui ne ferait jamais, au grand jamais un truc aussi dégueulasse.

— Tu viens de New York City ? se fit entendre Fran.

Elle ne mesurait qu'un mètre vingt-cinq pour trente-cinq kilos et parlait dans un souffle. Sa peau était si transparente qu'Olivia se dit qu'elle pourrait voir Kiwi le Bonhomme de Neige couler dans ses veines.

— J'y suis juste allée une fois. J'ai chopé une intoxication alimentaire dans un restaurant de sushis et j'ai passé toute la semaine à vomir.

— Comme si tu ne dégueulais pas assez comme ça, railla Forest, insinuant que le poids plume de Fran s'expliquait ainsi.

— Tu connais ce mec, Chuck Bass ? demanda Gaynor à Olivia.

Olivia hocha la tête. Tout le monde connaissait Chuck Bass, qu'on le veuille ou non.

— C'est vrai qu'il n'a été admis *nulle part* ? demanda Rebecca en croquant des glaçons entre ses dents qui avançaient légèrement.

— Ça craint vraiment, lança Forest sans une once de compassion.

En silence, Olivia lampa son cocktail. Vu que Georgetown la tentait de moins en moins et que, en gros, elle n'avait pas d'autre choix, elle pourrait presque compatir pour Chuck.

— Tu connais Jessica Ward ? lui demanda Rebecca. Elle est venue ici un trimestre avant d'être transférée à BU.

Olivia fit non de la tête. Elle ne connaissait pas Jessica mais comprenait parfaitement pourquoi elle avait été transférée.

— Tu connais Kati Farkas ? s'enquit Fran. Nous sommes allées en colo ensemble.

Olivia acquiesça, lasse. Ce petit jeu commençait à lui prendre la tête.

— Elle est dans ma classe à Constance.

— Et Nate Archibald ? fit Gaynor. (Elle donna un coup de coude dans le bras de Forest et agita les sourcils d'un air suggestif.) Tu te souviens de lui ?

Forest lui rendit son petit coup de coude.

— La ferme ! aboya-t-elle, l'air à la fois fumasse et triste.

Olivia se hérissa.

— Qu'est-ce qu'il a ?

— Il est venu ici une fois. Et, sérieux, j'avais jamais vu personne d'aussi déchiré. Mais il paraît qu'il a été recruté dans les équipes de lacrosse de toutes les meilleures facs, même Yale. À mon avis, il a pas pris la peine de postuler ici. Il n'en a pas besoin.

— Nate Archibald, répéta Fran. On était toutes trop folles de lui, gloussa-t-elle d'une voix rauque. Surtout Forest.

— La ferme ! aboya de nouveau Forest.

Olivia fut toute barbouillée. Les Hongrois massacraient Eminem à présent. *Na, na, na, na, na, na. Na, na, na, na, na*, rappaient-ils odieusement. Elle repoussa son verre.

— Nate est admis à Yale ? C'est du pipeau, dit-elle, presque pour elle-même.

Mais bon avec Nate, elle ne savait jamais à quoi s'en tenir.

— Pourquoi on te mentirait ? On te connaît même pas, rétorqua Gaynor, vache.

Olivia la fixa un moment puis se pencha pour attraper son sac à main sous la table.

— Je reviens de suite, lança-t-elle avant de se diriger vers les toilettes en titubant.

n comme nul

Brigid ayant déjà fait passer un entretien à Nate l'automne dernier, elle savait que, depuis sa naissance, il faisait du bateau dans le Maine chaque été. C'est pourquoi elle supposa qu'il aimait le homard. Et comme elle était censée lui prodiguer le meilleur de tout afin de le séduire et de le convaincre de s'inscrire à Brown, elle l'amena au restaurant Citarella, où elle avait précommandé un homard géant bouilli pour deux, avec une bouteille de Dom Pérignon et des pommes frites.

— J'ai grandi dans le Maine, expliqua-t-elle en tirant sur ses perles. Camden. Tout ce que ma famille faisait, c'était du bateau et manger du homard.

En vérité, Nate trouvait que le homard était un crustacé plutôt ridicule, genre un personnage de dessin animé débile qui pouvait danser sur sa queue, tenir un micro dans sa patte, chanter et raconter des blagues qui feraient rire tout le monde. Ce n'était sûrement pas le genre de nourriture dont il rêvait quand il avait les crocs.

En gros, tout le temps.

— Bien, fit Brigid en remplissant sa flûte de champagne à ras bord bien que le serveur vînt juste de le faire.

Elle avait revêtu une robe orange décolletée et arborait du gloss hyperbrillant et du mascara. Elle venait de faire un brushing à ses cheveux blond vénitien et était encore plus mignonne que sur le terrain de lacrosse dans le parc. Elle tripotait nerveusement le bord de sa flûte.

— Bien, assez parlé de moi. Est-ce que tu, euh… (Elle se mordit la lèvre.) Est-ce que tu as une petite amie ?

Nate tripatouilla sa salade, étalant du fromage de chèvre sur toutes les feuilles. Il était quasi sûr que la robe décolletée de Brigid et son plan drague dépassaient sa mission de le faire s'inscrire à Brown. Il la soupçonnait de craquer pour lui. Mais elle restait celle qui lui avait fait passer son entretien pour entrer à Brown et il désirait faire bonne impression.

— Hum. En quelque sorte, répondit-il d'un ton hésitant. Enfin, parfois on est ensemble, et parfois non.

Elle sembla apprécier sa réponse.

— Et en ce moment ?

Nate avait toujours préféré la bière au champagne mais il descendit son champagne à la Olivia. En théorie, Olivia et lui *sortaient* de nouveau ensemble, heureux et tout et tout. Mais ils n'avaient pas précisément discuté des *termes* de leur relation. Flirter avec un membre du Bureau des admissions de Brown revenait-il réellement à la tromper ?

Son portable sonna brusquement et il le sortit aussitôt de sa poche, se donnant des baffes mentales pour avoir oublié de l'éteindre avant de dîner. Il jeta un œil au petit écran du téléphone. Quand on parle du loup…

Il était un peu dans les vapes pour avoir fumé six taffes de la pipe à eau chez Anthony Avuldsen avant de sortir. Parler à Olivia pourrait bien le ramener à la raison par la manière forte.

— Euh, je devrais le prendre, dit-il à Brigid. « Salut », dit-il au téléphone.

— Bonjour, répondit Olivia d'un ton froid. Avant que tu dises quoi que ce soit, j'ai juste une question à te poser.

Elle avalait ses mots, comme si elle essayait d'employer le moins de syllabes possible. Nate devina qu'elle avait bu.

— OK.

— Dis-moi la vérité. Tu as posé ta candidature à Yale ?

Ben ça alors !

Nate s'empara de sa flûte et la siffla d'un coup. *Merde* ! jura-t-il en silence. *Merde, merde, merde.* Il ne voyait franchement pas quoi répondre. S'ii répondait oui, il serait un salaud et un menteur. Et s'il répondait non, il serait un salaud et un menteur.

Brigid lui souriait, l'air d'attendre quelque chose, les lèvres toutes brillantes et étincelantes. Au moins, il pourrait se réconforter à l'idée qu'Olivia se trouvait à des kilomètres, à Georgetown, et qu'il dînait avec sa recruteuse de Brown, qui mourait d'envie de le voir nu. Il décida de dire la vérité.

— Ouais. Et je crois que j'ai été reçu.

Olivia produisit un étrange gargouillis, puis Nate reconnut le bruit distinct et familier de son dégueulis dans les toilettes.

— Va te faire foutre, grogna-t-elle au téléphone avant de raccrocher.

Nate éteignit son portable et le fourra dans sa poche. Le serveur arriva avec le homard.

— La vache, ça a l'air superbon, fit Nate d'une voix caverneuse.

— Tu veux qu'on partage la queue ? proposa Brigid en maniant le crustacé bouillant avec une aisance consommée. (Elle lui montra les ustensiles en acier impeccables que le serveur avait apportés.) Ou on commence par la pince ?

Ce que Nate désirait vraiment, c'était se refumer quelques taffes de pipe à eau puis avaler un grand bol de glace au chocolat Breyers tout en comatant devant *Matrix*, qu'il avait déjà vu dix-huit fois.

Brigid reposa le homard.

— Tu vas bien ?

Il haussa les épaules.

— Je crois que ma copine vient juste de me plaquer une fois de plus.

Les yeux verts de Brigid étaient grands ouverts.

— Mon pauvre. (Elle fit signe au serveur.) Peut-on emporter ça ? (Elle repoussa sa chaise.) Viens. Je t'offre une bière et une cigarette.

Nate tenta de se dire que comme Olivia n'était pas là pour l'assassiner sur-le-champ, il ne courait en gros aucun danger et devrait profiter à fond des prochaines vingt-quatre heures avant son retour. Il pourrait même baiser avec Brigid s'il le voulait.

Le problème, c'était qu'il en avait marre de toujours rompre avec Olivia alors que tous deux savaient qu'ils étaient censés finir leur vie ensemble. Et contrairement à elle, il se fichait bien de la fac dans laquelle il entrerait. En fait, ne pas aller à l'université pendant quelques années lui conviendrait parfaitement. Selon lui, la seule façon de remettre Olivia et lui sur la même longueur d'onde était de tout mettre en œuvre pour que ses admissions à Brown et à Yale soient annulées. Et quel meilleur moyen pour cela que se comporter en salaud ?

— Bordel de merde, souffla Nate dans sa barbe.

Il se leva et aida Brigid à enfiler sa veste de jean pendillant sur le dos de sa chaise. Ses doigts effleurèrent son cou lorsqu'il dégagea ses cheveux de son col. Ils se tenaient très près l'un de l'autre et l'haleine de Brigid sentait le punch hawaïen.

— A quel prix Brown me désire ? lui murmura-t-il à l'oreille.

Ses yeux verts s'ouvrirent en grand.

— A tout prix, murmura-t-elle d'une voix mal assurée.

La clé de sa chambre d'hôtel se trouvait sur la table. Nate l'attrapa et la mit dans sa poche.

— A tout prix, murmura-t-elle de nouveau.

Le serveur tendit à Nate un sac plastique contenant le homard de neuf kilos enveloppé dans du papier alu. Il le balança sur la table et mit son bras autour de la taille de Brigid.

— Montre-moi, lui dit-il d'un ton bourru, dégoûté par le timbre de sa voix.

Parions qu'il ne parlait pas du homard.

s emprunte le chemin le moins fréquenté

Pas plus tard qu'une demi-heure après avoir pris la route pour Providence, Serena demanda au chauffeur de s'arrêter dans une station-service. La boutique était minuscule et mal approvisionnée mais elle acheta un Coca, un Twix et le journal local, histoire d'avoir quelque chose à faire tout en rêvassant à Drew. Dehors, un garçon faisait du stop juste derrière les pompes, agitant une pancarte « BROWN ». Il portait un jean délavé, une belle chemise boutonnée à rayures bleues et blanches et des chaussures bateau sans chaussettes. Sur son dos, un sac pourpre et noir sophistiqué, le genre que l'on emporte pour de longues randonnées pédestres. Ses cheveux noirs bouclés étaient propres et il paraissait plutôt normal.

— Tu veux qu'on te dépose ? lui cria-t-elle.

Le garçon tourna la tête d'un coup.

— Moi ?

Serena adorait combien ses yeux noisette étaient grands et écarquillés.

— J'ai un chauffeur qui nous emmène là-bas. Viens, proposa-t-elle.

Lui adressant un sourire timide, le garçon la suivit dans la voiture. Il s'assit près de la portière et posa son sac à dos entre eux, où un morceau du drapeau italien était cousu. Serena but son Coca, feignant de lire le journal. Puis le garçon sortit un carnet à dessins et un crayon de son sac et se mit à griffonner.

Elle crut tout d'abord qu'il faisait ses devoirs ou écrivait une lettre mais elle bâilla et renversa sa tête sur la banquette, jetant un coup d'œil subreptice à ce qu'il écrivait. À sa grande surprise, il la croquait. Ses *mains*, plus précisément.

— Je pourrai le garder quand tu auras terminé ? lui demanda-t-elle.

Le jeune homme sursauta, faussement timide, comme s'il croyait vraiment avoir dessiné en secret. Il referma son carnet et coinça le crayon derrière son oreille.

— Désolé.

— C'est bon, dit Serena en étirant les bras au-dessus de sa tête et faisant tomber ses mains sur ses genoux. Je suis à l'ouest, de toute façon. Vas-y. Continue.

Il rouvrit son carnet.

— Ça te dérange pas ?

— Pas du tout. (Après tout elle était top model professionnel. Elle s'assit bien confortablement et plia ses mains comme elles l'étaient auparavant.) Ça va comme ça ?

— Humm, répondit-il, la tête penchée sur son dessin.

Il avait une peau olivâtre foncée, d'épaisses boucles brunes et dégageait une odeur de menthe fraîche.

Serena ferma les yeux, tentant de se souvenir à quoi ressemblaient les cheveux de Drew. Elle se rappela que son colocataire Wade était rouquin. Et Drew était genre… blond foncé ?? Châtain ? En toute honnêteté, elle ne se souvenait absolument pas. Elle rouvrit les yeux et jeta un coup d'œil furtif au jeune homme. Sa nuque semblait douce et bronzée. *Si nous avions des enfants, ils auraient un bronzage qui dure toute l'année et ce genre de cheveux blond-roux si jolis au soleil*, songea-t-elle. Puis elle détourna de nouveau les yeux, horrifiée. Qu'est-ce qui déconnait chez elle ? Elle ne connaissait même pas son nom !

Le garçon leva les yeux.

— Tu vas à Brown ?

Serena garda les yeux rivés à la vitre. Elle était sale et elle distinguait son reflet dedans. Ses cils noirs étaient recourbés et ses yeux noisette, d'une douceur merveilleuse, comme ceux de Bambi, genre.

— Pas encore, mais peut-être l'an prochain.

Attendez, elle n'était pas hyperbranchée Harvard il y a cinq secondes ?

— J'espère, dit-il tranquillement en retournant à son croquis.

Serena ignorait ce qui lui arrivait mais elle était surexcitée. *Et si je l'attrapais et l'embrassais ?* se demanda-t-elle. Le chauffeur écoutait un match de base-ball à la radio, il ne s'en rendrait même pas compte.

— Tu sais, tu pourrais être un supermodèle pour un artiste, lui confia le garçon. Poser pour des cours de dessin à Brown. M. Kofke, notre prof, cherche constamment de bons modèles.

— Merci. En fait, je fais des photos de mode, commença Serena puis elle se tut, de crainte de passer pour une grosse frimeuse.

Le garçon replaça son crayon derrière son oreille, examinant son dessin.

— Je m'en moque qu'un modèle soit beau ou non. En général, je ne fais que les mains.

Serena jeta un œil par-dessus son épaule. Il sentait bel et bien la menthe.

— Sur ton dessin, mes mains sont vachement plus belles qu'en vrai. Regarde mon pouce, il est rongé jusqu'au sang ! Et celui-là… (Elle tendit son auriculaire.) Mes pauvres petites peaux !

Mais le garçon ne regardait même pas. Il défit la fermeture d'une poche de son sac à dos et en extirpa un bout de papier qu'il lui tendit.

Serena le déplia. C'était une coupure de presse. « Des abdos plus fermes en sept jours », disait la légende.

— Retourne-le, fit le garçon.

Elle retourna l'article d'un coup. Au dos figurait la pub pour Les Larmes de Serena. C'était bien elle, pleurant dans la neige à Central Park, en robe bain de soleil jaune.

— C'est ton vrai nom ? Serena ? demanda-t-il en la fixant avec ses yeux de Bambi.

— Oui.

Il reprit la coupure de presse.

— Quand je t'ai dit que je ne dessinais que des mains, je t'ai menti. J'ai cru rêver quand tu m'as pris à la station-service. Ça fait deux mois que je te peins. À partir de cette photo. Je n'ai pas encore terminé. Elle se trouve dans l'atelier, à Brown. (Il plia la coupure de presse et la rangea dans son sac à dos. Puis il lui tendit la main.) Moi c'est Christian.

Serena laissa sa main s'attarder dans la sienne. Une poignée de main aurait dû la faire flipper, présumait-elle, mais, au contraire, elle était plus excitée que jamais.

— Ça te dérange si tu me fais visiter les lieux une fois qu'on sera là-bas ? lui demanda-t-elle. Je suis censée retrouver mon frère mais je suis déjà tellement à la bourre qu'il doit déjà traîner dans un bar, genre.

Erik s'en ficherait bien si elle lui posait un lapin. Les frères et les sœurs se posaient toujours des lapins. De plus, Christian lui ferait sûrement faire une visite bien plus approfondie.

Ouais, nous n'en doutons pas.

o intègre la communauté exclusivement féminine de g-town

Les Hongrois étaient partis, remplacés par trois femmes en uniforme de gardiennes du Smithsonian Museum, chantant Whitney Houston. « *And IiiiiiiIiiiIii will always love you !* »

Vous avez dit pénible ?

À la minute où elle raccrocha avec Nate, Olivia alla au bar commander un pichet de margarita au pamplemousse rose pour la tablée.

— Vous m'avez sauvé la vie, les filles, annonça-t-elle à Rebecca, Forest, Gaynor et Fran en posant le pichet.

Les filles dodelinèrent de la tête comme des ivrognes en guise de réponse. Olivia s'assit, alluma une cigarette, tira une taffe, puis la passa à Rebecca.

— Je suis bien contente de t'avoir eue comme guide, et pas un loser.

Rebecca fit tourner la cigarette et les gloss des filles se mélangèrent pour former une tache prune sur le filtre.

— Le mois dernier, Forest avait fait visiter la fac à un futur étudiant – un mec. Ils se sont fait piquer par le doyen dans la laverie, presque en train de le faire. Elle s'est fait jeter par le bureau des admissions.

— Ta gueule ! pleurnicha Forest, bien qu'elle fût tout sourires.

Olivia tenta d'imaginer comment se serait déroulée sa visite si son guide avait été un mec mais, vu sa chance, elle serait sûrement tombée sur un abruti de première. Elle regarda fixement Forest, se demandant si elle devait lui confier que ses cheveux blonds décolorés faisaient *cheap* et salope et que ce n'était pas étonnant si le bureau des admissions ne voulait pas qu'elle joue les guides. Mais comme elle était beurrée comme un Petit Lu, elle sortit tout autre chose.

— Alors, vous êtes toutes encore vierges ?

Les quatre filles pouffèrent et se donnèrent des coups de pied sous la table. Olivia alluma une autre cigarette, légèrement emmerdée d'avoir plus ou moins avoué qu'elle était vierge à quatre morues-thons.

— Vous n'êtes pas obligées de me le dire si vous n'en avez pas envie.

Rebecca cligna des yeux, complètement ivre, dans l'espoir de recouvrer son sang-froid.

— En fait, nous le sommes toutes. Écoute, on a conclu un pacte. (Elle jeta un œil à ses amies.) Georgetown n'a pas d'associations d'étudiantes mais nous, si. Nous l'appelons la communauté des célibataires.

Olivia ouvrit des yeux comme des soucoupes. Elle allait être endoctrinée dans une espèce de culte de la virginité et elle était tellement bourrée, énervée et vulnérable que l'idée la séduisit.

— On n'est pas contre, genre, se tripoter ni rien. Carrément pas. On a presque tout fait *mais* sans aller jusqu'au bout, clarifia Gaynor. (Elle frotta son nez retroussé.) On se réserve pour le mariage.

— Ou au moins pour le grand amour, rectifia Fran. Je me marierai *jamais*.

— Les parents de Fran se sont tous deux remariés trois fois et ont divorcé trois fois, expliqua Rebecca.

Olivia écrasa sa cigarette sous son pied. Aux chiottes, Nate. Aux chiottes, Yale. Brusquement, elle ne voulait rien de plus que s'engager dans leur petite association.

— Moi aussi, reconnut-elle. Je suis vierge.

Les quatre filles la fixèrent, éberluées, comme si elles n'arrivaient pas à croire qu'une New-Yorkaise aussi sophistiquée n'avait jamais baisé de sa vie.

— Faut absolument que tu rentres dans notre assoce, dit Fran dans son murmure rauque et intense. Et quand tu viendras ici, nous serons toutes ensemble. Pas seulement jusqu'à la remise des diplômes, pour toujours !

Olivia posa ses coudes sur la table et pencha, prête.

— Que dois-je faire ?

Les quatre filles laissèrent échapper des gloussements alcoolisés, comme si elles *adoraient* leurs rites d'initiation.

— Je suis le dernier membre, expliqua Forest.

— Ses cheveux étaient presque bruns avant, ajouta Gaynor.

— D'abord tu dois nous laisser épiler tes jambes, dit Fran.

— Et ensuite, teindre tes cheveux, ajouta Rebecca.

Et l'histoire du sperme sur le biscuit leur posait problème ?!?!

Olivia se cala dans sa chaise. Sa vie était merdique, et en plus elle avait toujours voulu savoir ce que ça faisait d'être blonde. Elle attrapa son verre et le descendit d'un coup, le reposant bruyamment sur la table lorsqu'elle eut terminé.

— Je suis prête, annonça-t-elle à ses nouvelles sœurs.

— Youpi ! s'écrièrent les filles en chœur, avant de commander une nouvelle tournée.

— Si je ne mange pas quelque chose tout de suite, dit Rebecca, je vais gerber.

— Moi aussi, acquiescèrent les autres.

— On ferait mieux d'aller au drugstore avant qu'il ne ferme, ajouta Rebecca. On pourra prendre des gros bretzels au cheddar, genre.

Miam-miam. Et pourquoi pas de la couenne de porc frite ?

Olivia attrapa son sac à main et se leva d'un pas mal assuré.

— La dernière dans le taxi est une pauvre conne, pucelle et bourrée.

Bras dessus, bras dessous, les cinq filles s'en allèrent dans la nuit en chancelant.

Question : Même si elles étaient vos nouvelles meilleures amies, laisseriez-vous quatre pauvres connes, pucelles et bourrées vous épiler les jambes et vous teindre les cheveux ?

à deux ça va, à trois bonjour les dégâts !

— C'est génial ! s'enthousiasma Dan en observant les spaghettis bouillir dans leur casserole.

Il jeta un œil à Vanessa, debout à côté de lui, qui coupait des oignons sur une planche en équilibre sur l'évier. Des larmes d'oignons ruisselaient sur son visage. Il embrassa sa joue humide.

— Regarde-nous !

Vanessa rit et l'embrassa à son tour. En fait, c'était trop top ce plan « on vit ensemble ». Ruby était partie tôt ce matin et après un seul trajet en taxi rempli d'affaires, Dan avait emménagé. Ils avaient passé l'après-midi à faire des courses et à acheter des petits trucs débiles pour l'appartement, genre des magnets d'animaux en résine pour le réfrigérateur et des draps noirs avec des ovnis vert fluo dessus. À présent ils se préparaient leur premier vrai repas de concubins.

À condition d'appeler des spaghettis aux oignons et au Ragu un *vrai repas.*

Dan glissa une main sous la chemise de Vanessa tout en éteignant le brûleur de l'autre. Le dîner attendrait. Leurs visages collés l'un à l'autre, ils sortirent du coin cuisine en titubant, direction le séjour où ils s'affalèrent sur le futon de Ruby, qui leur faisait désormais office de canapé. Il sentait encore Poison de Christian Dior, et le thé à la réglisse que Ruby buvait sans arrêt mais il était tout à eux et ils pouvaient s'ébattre dessus quand ils le désiraient.

— Qu'est-ce qu'on fera le lundi quand on ne voudra pas aller en cours tous les deux ? demanda Vanessa à voix haute alors que Dan l'embrassait sur le bras.

Ses mains sentaient les oignons.

— On séchera ? Ce n'est pas comme si on devait encore flipper pour notre entrée à la fac, maintenant, dit Dan.

Elle enleva précipitamment la ceinture de son pantalon et lui donna des petits coups sur les fesses.

— Vilain garçon. Tu te souviens de ce que ton père a dit ? Si tes notes baissent, tu rentres chez toi illico.

— Hum, c'est bon ! plaisanta Dan.

— Vraiment ? gloussa Vanessa en lui donnant des coups de ceinture un peu plus fort cette fois.

Puis quelqu'un éternua.

Vanessa et Dan se détachèrent l'un de l'autre, flippant comme des fous. Une fille se tenait sur le pas de la porte. Cheveux noir et violet emmêlés. Short noir. T-shirt Ozzfest noir tout froissé. Chaussettes noires jusqu'aux genoux. Converse noires montantes. Elle portait une espèce de pic et un sac de paquetage de l'armée.

— Je peux me joindre à vous ? (Elle ferma la porte d'un coup de pied derrière elle.) Je suis Tiphany. Ruby vous a dit que je m'installerai ici ?

Ruby n'avait pas parlé d'une amie qui séjournerait chez elle mais bon, elle n'était pas vraiment l'être humain le mieux organisé au monde. Vanessa se dégagea de Dan.

— Ruby est partie en Allemagne ce matin. (Puis elle réalisa que Tiphany était entrée toute seule.) Elle t'a donné une clé ?

— Je vivais ici avant, expliqua-t-elle. Ta sœur et moi étions colocs pendant un moment.

Elle entra et jeta ses affaires sur le futon où ils étaient assis. Puis elle se pencha et ouvrit son gros sac. Une petite tête aux yeux de fouine et aux moustaches émergea. Tiphany attrapa la créature et la berça comme un bébé.

Dan blêmit. On aurait dit un rat.

— Qu'est-ce que c'est ? s'enquit Vanessa, intriguée.

Ruby n'avait jamais parlé d'une fille qui s'appelait Tiphany mais elle avait vécu un an toute seule à Williamsburg avant que ses parents ne laissent Vanessa quitter le Vermont pour la rejoindre. Il avait pu se passer un tas de trucs que Vanessa ignorait au cours de cette année.

— C'est Tooter. C'est un furet. Il a des problèmes de flatulences et il aime bien mâchouiller des livres mais il dort pelotonné contre moi toutes les nuits et il est trop chou. (Tiphany gratouilla le furet sous le menton.) Pas vrai, Tooter ? (Elle tendit la créature à Vanessa.) Tu veux le prendre ?

Vanessa attrapa le petit animal maigre et le tint dans ses bras. Le furet la regarda avec ses yeux de fouine marron.

— Il est mignon, non ? fit-elle en gratifiant Dan d'un sourire.

Avoir des invités lui donnait encore plus l'impression d'être en couple avec Dan et Tiphany semblait bien plus cool et bien plus intéressante que toutes les filles en classe avec elle, c'était clair.

Dan ne lui rendit pas son sourire. Depuis qu'il avait ouvert ses lettres d'admission à la fac, il était sur un petit nuage. Il entrait à la fac et sortait de nouveau avec Vanessa. Ils vivaient ensemble. Tout était simple et génial. Tiphany ne faisait pas partie de l'équation.

— A quoi ça sert ? s'enquit Vanessa en montrant le pic.

Tiphany l'attrapa et le balança plusieurs fois en l'air. Puis elle le posa contre le mur.

— Boulot. Je suis dans le bâtiment. Démolition, principalement. J'ai un gros projet avec l'arsenal maritime de Brooklyn et je suis un peu S.D.F. en ce moment. C'était supercool de la part de Ruby de me laisser crécher ici.

Vanessa se tourna vers Dan.

— Les nouilles ! fit-elle d'un ton urgent.

Dan se leva et alla dans la cuisine. Il ouvrit le pot de Ragu, le versa avec les oignons dans une casserole et tourna le brûleur au maximum. Puis il versa la casserole de spaghettis bouillants dans la passoire dans l'évier. Il sortit trois bols du placard.

— Celui qui veut manger peut manger ! cria-t-il.

— Je meurs de faim. Ah, au fait, j'ai un petit cadeau pour nous. (Tiphany fouilla dans son sac et en sortit une bouteille de Jack Daniels à moitié vide. Elle en versa un peu dans le bouchon qu'elle tendit à Tooter.) Ça fait pousser les poils sur son torse, expliqua-t-elle à Vanessa avant de boire un coup à même la bouteille.

Vanessa lui rendit le furet et alla aider Dan à trouver l'argenterie.

— Tu vas bien ? murmura-t-elle.

Il ne répondit pas, versa une cuillerée de café instantané dans une tasse et la mélangea avec de l'eau chaude provenant directement du robinet. Tiphany déposa le furet par terre ; il trottina vers un tas de livres de poésie de Dan et se mit à les grignoter.

— Non ! hurla celui-ci en balançant sa cuillère sur le petit rôdeur.

— Hé, ne lui gueule pas dessus ! s'écria Tiphany en soulevant Tooter et en le serrant contre sa poitrine. C'est qu'un bébé.

Vanessa lui proposa un bol de spaghettis.

— Dan est un poète, dit-elle, comme si cela expliquait tout.

— Je vois, dit Tiphany sans une once d'amertume.

Elle prit le bol et alla s'installer sur le futon pour manger. Tooter se mit sur ses genoux, posa ses pattes au bord du bol et se mit à aspirer les nouilles à grand bruit.

Brusquement tout l'appartement empesta les œufs pourris, le lait tourné et le soufre brûlant. Tiphany recouvrit sa bouche de sa main et grogna.

— Oups ! Tooter a joué de la trompette !

Pour casser l'ambiance…

— Nom de Dieu ! s'exclama Dan en flanquant un torchon sur son nez et sa bouche.

— Allez, murmura Vanessa, en se bouchant le nez. C'est pas mortel. Elle est sympa.

Dan la fixa par-dessus son torchon. Il se sentait redescendre subitement de son petit nuage à une vitesse ahurissante, et s'en voulait d'être aussi emmerdé par une fille qui avait l'air on ne peut plus sympa, dans son genre cinglée férue-de-furet.

Il jeta le torchon de côté, se servit des spaghettis et les apporta à l'autre bout du futon.

— Alors, commença-t-il, décidant de faire un effort. Dans quelle fac vas-tu ?

Tiphany pouffa et enroula des spaghettis autour de sa fourchette.

— L'école de la vie, répondit-elle gaiement.

— Cool, répondit Vanessa. Il faudra que je t'interviewe pour mon film.

— Cool, acquiesça Dan avec un tout petit peu trop d'empressement.

Ou peut-être pas si cool.

gossipgirl.net

thèmes ◀ précédent suivant ▶ envoyer une question répondre

Avertissement : tous les noms de lieux, personnes et événements ont été modifiés ou abrégés afin de protéger les innocents. En l'occurrence, moi.

salut à tous !

OÙ EST NOTRE PLACE ?

Vous ne vous êtes jamais demandé à quoi aurait ressemblé votre vie si vous aviez fréquenté une autre école, dans une autre ville, et une autre bande d'amis ? Vous seriez sûrement totalement différente, parleriez différemment, vous fringueriez différemment. Vous feriez des activités extrascolaires différentes, écouteriez une musique différente. Eh bien, c'est exactement ce qui se passe avec toute cette histoire « dans quelle fac devrais-je m'inscrire ? » Bien sûr, vos parents et vos profs vous diront que ce n'est pas la fac qui compte, c'est ce que vous allez en faire ; je suis sûre que c'est *en partie* vrai. Mais si je ne me sens pas bien dans telle fac parce que tout le monde porte des jeans Seven et non des Blue Cults, ou trouve que c'est prétentieux de trimballer votre bébé caniche caramel partout avec vous dans un sac pour chien Burberry, c'est *maintenant* que je veux le savoir.
Non pas que ce soient le jean ou le chien qui fassent la fille. Euh… en fait si, *un peu*.
Le point positif de tout cela, c'est que si l'un d'entre nous a fait, ou est en train de faire, la mégaboulette qui va modifier son statut social, nous avons la planque de l'université pour

nous réinventer. Et apparemment, certains d'entre nous vont se réinventer, et quelque chose de bien. Vous vous souvenez de ce mec qui n'a été reçu *nulle part* ? Son père a eu une idée de génie : ce dont il a besoin, c'est d'une école militaire. Encore quatre ans d'uniforme ! Pas de Prada. La boule à zéro. Et plus de monogrammes !

VOS E-MAILS

Q: Chère GG,
Je vais à Georgetown et je suis quasi sûre d'avoir vu cette **O** dont tu parles tout le temps. Elle traînait avec des boudins dans ce bar karaoké hypernul où y a justement que des boudins, et elle s'éclatait comme une folle. Elles étaient complètement pétées et c'est ce type obséquieux qui les a raccompagnées sur le campus en Lexus.
— dia

R: Chère dia,
Décèlerais-je de la jalousie dans ton ton ? que t'ont donc fait ces prétendus boudins ? je trouve ça bien que **O** se diversifie et se fasse de nouvelles copines.
— GG

Q: Chère GG,
Je croyais que **N** avait déjà été admis dans toutes les facs de l'Ivy League[1] mais je l'ai vu avec la femme qui m'a fait passer mon entretien pour Brown dans ce resto où je dînais avec mes parents. Et apparemment, ils étaient à deux doigts de conclure. C'est quoi son problème ?
— celeste.

1. Groupement des huit plus prestigieuses universités de la côte Est des États-Unis, incluant Harvard, Princeton et Yale. *(N.d.T.)*

R: Chère celeste,

Bonne question. Peut-être a-t-il peur que Brown change d'avis. Ou juste marre de s'être fait jeter tant de fois par tu sais qui !

— GG

ON A VU

J, avec un coach personnel, à **Bloomingdale's**, demandant d'autres conseils en lingerie. Au moins elle a fini par chercher l'aide d'un professionnel – Dieu merci ! **N** et sa responsable des admissions à **Brown** prendre l'ascenseur ensemble au **Warwick New York Hotel**. Laissez-moi deviner : elle voulait lui faire passer un second entretien. **O** et quatre blondes bourrées dans un Walgreens de **Georgetown**, acheter des rasoirs jetables et de la teinture blonde. **S,** allongée sur le toit de l'atelier de Brown, compter les étoiles avec une espèce de latin lover. Ça alors, cette fille n'arrête pas ! **D, V** et une fille plus âgée aux cheveux violet et noir férue de furets dans un café de **Williamsburg** faire des shots d'expressos. On dirait que **D** s'est bien intégré aux autochtones.

J'ai le sentiment que la nuit va être longue et sordide – c'est tellement inhabituel. Buvez beaucoup de Gatorade et de Red Bull demain matin et d'ici lundi, vous serez comme neufs ! J'ai hâte de tout savoir !

Vous m'adorez, ne dites pas le contraire.

gossip girl

le lendemain matin

— C'est une bonne chose, non, que je sois déjà admis à Brown ? lança Nate, gonflé.

Il alluma le joint qu'il venait de rouler, tira une taffe et le passa à Brigid. Puis il se leva et enfila son treillis avant d'aller faire les cent pas devant la fenêtre. La chambre de Brigid au Warwick New York Hotel donnait sur un puits d'aérage. La pièce était très bien si vous aimiez les tapisseries à fleurs et les tapis marron, mais ce n'était pas franchement le Plaza.

— Ils ne font pas room service dans ce boui-boui ? demanda-t-il.

Brigid était assise sur le lit, nue, les couvertures lâchement drapées autour d'elle.

— Il y a un restaurant en bas, mais ils te facturent genre cinq dollars la tasse de thé.

Nate se retourna d'un coup.

— Et alors ?

Il voulait lui faire sentir que la nuit entière avait été une erreur. Que l'accepter à Brown avait été une erreur.

Elle posa le joint en équilibre sur le bord d'un cendrier en verre.

— Tu sais, je ne fais pas ça d'habitude, dit-elle, ses yeux bleu-vert balayant son corps comme pour essayer de lire au travers.

Nate ouvrit le meuble hifi-vidéo en face du lit et alluma la TV. Il se mit à regarder un résumé de l'actualité sportive sur MSNBC, l'ignorant délibérément.

— Je t'aime bien. Tu le sais, non ? demanda Brigid, brûlant des trous dans son dos. On a fait ça parce que l'on s'aime sincèrement ?

Nate ne répondit pas.

Brigid remonta la couverture sous son menton.

— Tu ne vas raconter ça à personne à Brown, n'est-ce pas ?

Il éteignit la télé et jeta la télécommande sur le lit. Brigid avait l'air sérieusement inquiète – exactement ce qu'il souhaitait.

— Peut-être que si, répondit-il. Peut-être que non.

Elle se mordit la lèvre. Ses cheveux blond vénitien étaient tout décoiffés.

— Ton admission pourrait être annulée, l'avertit-elle.

Parfait. Nate enfila ses chaussures et passa sa chemise à moitié déboutonnée par la tête.

— Et je pourrais me faire virer.

Il attrapa le joint dans le cendrier et le suça.

— Faut que je me grouille, siffla-t-il, pétard aux lèvres.

Il était attendu pour bruncher avec l'entraîneur de Yale dans une heure, et avant il voulait se défoncer grave. Il éteignit le joint entre ses doigts et le fourra dans sa poche.

— On aurait peut-être mieux fait d'en rester au homard, dit-il à Brigid en tirant sur sa chemise.

Elle ouvrit la bouche puis la referma. Ses yeux étaient ourlés de rouge comme si elle allait se mettre à pleurer.

— C'est tout ?

— C'est tout, répondit Nate qui tournoya sur lui-même et s'en alla tranquillement.

À plus !

Une fois dans le couloir, il appuya sur le bouton de l'ascenseur et attendit, le front collé contre le mur. Il n'avait jamais été aussi méchant avec personne – du moins, pas volontairement – et il se sentait supermal. Mais il avait fait ça pour Olivia, et ce n'était pas comme s'il irait jusqu'au bout et ferait virer Brigid. Tout ce qu'il souhaitait, c'était recevoir une lettre de Brown lui annonçant qu'ils ne voulaient plus de lui, finalement.

Et après ce petit numéro, il la recevrait sûrement.

le lendemain matin, partie II

— Où t'es, bordel ? demanda Erik.

— Chuuut, murmura Serena au téléphone. Je suis dans le bâtiment d'art. Dans un atelier de peinture.

Elle jeta un coup d'œil à Christian. Il était allongé par terre à côté d'elle, endormi sur un tas de toiles inutilisées, les cheveux maculés de peinture verte.

— On s'est endormis ici, ajouta-t-elle.

— Non ? Pas possible ? ironisa Erik, moqueur. J'arrive pas à croire que tu sois là et que je ne vais même pas te voir, geignit-il, feignant d'être blessé, alors que Serena savait qu'il avait probablement fait la fête toute la nuit et que sa seule envie était de se rendormir. Alors, tu es amoureuse ou quoi ?

Serena sourit. Les yeux noisette aux longs cils de Christian étaient fermés et sa mignonne bouche, détendue. On aurait dit un bébé qui dormait.

— Je ne sais pas, dit-elle d'un ton doux. Je suis censée aller à Yale maintenant. (Elle ferma les yeux.) J'ai passé un week-end de folie.

— Il n'est pas encore fini, ma belle, bâilla Erik. Quand je pense que je suis déjà debout ! Il est que neuf heures du mat', et c'est dimanche, bordel de merde ! Enfin bref, je vais t'envoyer une voiture. Elle t'attendra juste derrière le parking du fond. Et ne prends plus d'inconnus en stop dans des stations-service. Éclate-toi bien à Yale, mais tu ferais mieux d'entrer à Brown, comme ça on pourra faire la teuf ensemble. À plus. Tu m'adores, ne dis pas le contraire. Bye ! radota-t-il absurdement avant de raccrocher.

Serena raccrocha, se demandant si elle devait réveiller Christian ou le laisser dormir. Une moustache de jus de citron vert avait séché sur sa lèvre supérieure à cause des cocktails brésiliens qu'il leur avait concoctés la veille au soir et sa peau olivâtre foncée était maculée de petites taches de peinture verte. Elle aussi était légèrement barbouillée de peinture et toute décoiffée mais elle était le genre de fille à pouvoir dormir sur le sol d'un atelier d'artiste toute la nuit, à se réveiller et à défroisser son jean, passer ses doigts dans sa chevelure, étaler un peu de ChapStick à la cerise sur ses lèvres et voilà – bombe instantanée.

Le soleil s'infiltrait par les grandes fenêtres bordées de bois de l'atelier. De là où elle se tenait, les immeubles de briques rouges du campus de Brown semblaient sereins et endormis, un peu comme une ville fantôme. Puis un groupe d'étudiants descendit le chemin juste sous les fenêtres, en pantalons de jogging, d'immenses gobelets de café à la main. Serena s'éloigna doucement de Christian et enfila ses ballerines Calvin Klein. La copie grandeur nature à présent terminée de la pub pour Les Larmes de Serena qu'avait réalisée Christian était appuyée à l'autre mur de l'atelier. Il était difficile de comprendre pourquoi il avait utilisé tant de vert vu que la pub avait été faite sous la neige en février, mais même avec tout ce vert, le tableau était génial. Et bizarre. Christian avait élaboré une technique dans laquelle il réalisait une image en un seul coup de pinceau. Sur le tableau, les traits du visage de Serena étaient tous reliés. Ses yeux reliés à son nez, relié sa bouche, reliée à son menton, ses joues, ses oreilles, ses cheveux. On aurait dit qu'elle sortait tout droit de *Shrek*, surtout avec tout ce vert, mais la peinture n'en était pas moins magnifique, dans son genre bien à elle.

Elle sortit un tube de brillant à lèvres Chanel de son sac, trouva un morceau de papier par terre et écrivit *J'aime le vert* en petites tâches brillantes roses. *Viens me voir à New York. Affectueusement, S.* Puis elle poussa le petit mot vers Christian, attrapa son sac et se dirigea vers la porte sur la pointe des pieds.

— Au revoir[1], murmura-t-elle en envoyant un baiser au garçon endormi.

1. En français dans le texte. *(N.d.T.)*

Elle hésita. N'était-ce pas dégueulasse de se barrer sans même dire au revoir ? Pas quand vous n'aviez rien fait de plus que vous embrasser et vous endormir dans les bras l'un de l'autre. En plus, son petit mot était hyperromantique.

Une voiture klaxonna bruyamment et Christian s'agita dans son sommeil. Serena s'en alla furtivement et descendit l'escalier. Elle n'avait jamais aimé les au revoir et si Christian se réveillait, elle n'irait jamais à Yale.

— J' t'aime, murmura-t-elle en sortant du bâtiment.

Elle connaissait suffisamment bien le campus de Brown pour avoir si souvent rendu visite à son frère pour trouver le parking. Ignorant le chemin pavé, elle descendit une colline herbeuse en traînassant, ses chaussures humides de rosée et son pantalon recouvert d'herbe fraîchement tondue. Une voiture de ville noire était garée sur le bord de la route et d'un seul coup, elle se retrouva dans un mauvais plan de déjà-vu. N'était-ce pas hier seulement que Drew l'avait embrassée pour lui dire au revoir en haut des marches de sa résidence de Harvard alors qu'une voiture l'attendait pour la déposer à Brown ? N'était-ce pas hier seulement qu'elle avait dit « je t'aime » à un autre garçon ?

Ouais, c'est exact. Hier.

Le chauffeur lui ouvrit la portière et elle grimpa en voiture. « Je t'aime aussi », murmura-t-elle à Drew en guise d'excuse, bien qu'il fût absent. Passer un week-end loin de chez elle à faire le tour des universités était censé aider à clarifier les choses, mais Serena se sentait plus confuse que jamais. Comment pourrait-elle jamais se concentrer à la fac si celle-ci était pleine de garçons qui attendaient simplement qu'elle tombe amoureuse d'eux ?

Reste le Dorna B. Rae College, établissement pour filles à Bryn Mawr, Pennsylvanie. Ils acceptent encore des candidatures !

le lendemain matin, partie III

— Un petit verre pour faire passer ta gueule de bois, ma sœur.

Ouvrant un œil, Olivia vit Rebecca debout à côté d'elle, brandissant un énorme bloody mary, avec une branche de céleri, un gros morceau de citron et un touilleur de cocktail représentant un flamant rose. Rebecca venait de faire un brushing à ses cheveux blonds teints et elle arborait un jogging Juicy Couture en éponge rose et de l'eyeliner bleu électrique.

La tête dans le cul. C'était l'expression parfaite pour décrire ce que ressentait Olivia – elle avait l'impression d'être toute crade et naze. Elle tenta de s'asseoir puis retomba sur le matelas gonflable en gémissant. Son cuir chevelu la piquait. Ses jambes la brûlaient. Elle sentait une drôle d'odeur. Qu'est-ce qui déconnait chez elle ?

No comment.

— Je jure devant Dieu que tu te sentiras mieux après avoir bu ça. (Rebecca s'agenouilla et berça la tête d'Olivia comme une maman offrant du bouillon chaud à son enfant malade.) C'est notre recette secrète.

Hyperrassurant.

Olivia s'assit et grimaça en avalant l'épais mélange rouge. Il avait un goût de vodka et de chips arôme barbecue.

Beurk !

— Tes cheveux seront vachement mieux une fois que tes racines auront repoussé, lui dit Rebecca. Et peut-être que tu voudras teindre tes sourcils pour qu'ils soient pareils.

Olivia avait oublié ses cheveux. Elle savait qu'elle était blonde à présent, ou du moins un semblant de blond. Mais elle ne pourrait pas supporter de se voir avant d'être chez elle et à deux pas d'un Elizabeth Arden Red Door Salon. Rebecca devrait lui prêter un chapeau.

La chambre des filles comportait deux lits superposés, installés perpendiculairement les uns aux autres, de sorte à ce que les quatre amies puissent papoter et rigoler toute la nuit. Les lits étaient vides.

— Où sont les autres ? s'enquit Olivia d'une voix rauque.

Elle avait l'impression que sa bouche avait été arrosée de vernis à ongles.

— Parties chercher des bagels. (Rebecca attacha ses cheveux en queue-de-cheval.) Tous les dimanches nous mangeons des bagels et discutons des garçons avec qui on aurait pu coucher la veille mais avec qui on l'a pas fait.

Qu'est-ce qu'on se marre !

Olivia était bien trop dans le pâté pour discuter bagels ou garçons.

— Faut que je rentre chez moi, marmonna-t-elle.

Chez elle, elle pourrait s'allonger sur son lit, regarder de vieux films, et manger des croissants du plateau que lui apporterait Myrtle. Elle pourrait écrire un méchant e-mail à Nate. Et elle ne serait pas obligée de regarder le mobile lapin de Pâques que les filles avaient fabriqué avec des préservatifs LifeStyles et suspendu au plafond de leur piaule.

— Attends qu'elles soient revenues avant de partir, insista Rebecca.

Elle s'assit sur le lit du bas le plus près d'Olivia, ouvrit un kit manucure rose fluo et se mit à nettoyer les ongles de ses orteils avec un instrument pointu en fer impeccable.

— Nous devons t'apprendre notre numéro spécial.

Olivia décida alors que si jamais elle vivait en résidence universitaire, elle prendrait une chambre individuelle. Pas moyen qu'elle traîne avec une bande de filles qui se tripotent les doigts de pied ou fabriquent des mobiles avec des préservatifs. Elle fréquentait une école de filles depuis le cours préparatoire – côté temps passé entre nanas, elle avait donné, merci bien !

Se relevant non sans mal, elle tenta de rester zen, constatant qu'elle portait la chemise de nuit bleu clair Powerpuff Girls[1] que Gaynor lui avait prêtée la veille au soir. Elle avait besoin d'une bonne douche et ensuite, de rentrer chez elle. En fait non, aux chiottes la douche ! Qui dit douche, dit miroir de salle de bains – et se voir dans un miroir était quelque chose qu'elle tenait à éviter à tout prix.

Elle enfila son jean en grimaçant lorsqu'il irrita ses jambes rasées à vif. Puis elle passa son chemisier de lin blanc par la tête, se sentant bien trop nulle pour porter un aussi joli haut. Elle suspendit la chemise de nuit au dos d'une chaise.

— Faut que j'y aille *tout de suite*, insista-t-elle. (Puis, avisant une casquette de base-ball grise de Georgetown par terre :) Elle est à toi ? demanda-t-elle à Rebecca.

— Prends-la, lui proposa-t-elle généreusement.

Olivia s'empara de la casquette à la va-vite et la mit.

— Dis au revoir à tout le monde et remercie-les toutes de ma part, dit-elle d'un ton faible.

Mais la porte de la chambre s'ouvrit à la volée et Forest, Gaynor et Fran entrèrent en titubant, munies de sacs en papier remplis de bagels sortant du four et de gobelets de café fumant. Olivia eut l'estomac tout retourné, dans un mélange de nausée et d'inanition.

— Oh, non, tu t'en vas ?! s'écria Forest. (Elle posa ses sacs par terre et se jeta sur Rebecca et Olivia.) Venez les filles, c'est l'heure du cercle.

Olivia ferma la bouche bien fort alors que le vomi menaçait de se déverser entre ses dents. Elle s'était levée trop vite. Ou peut-être n'aurait-elle pas dû boire le bloody mary.

Ou laisser quatre filles bourrées lui raser les jambes et massacrer ses cheveux.

Les filles se tinrent en cercle bien serré, main dans la main. Olivia tangua entre Rebecca et Forest, le mélange de leurs parfums respectifs lui donnant encore plus envie de vomir.

1. Dessin animé de la Warner, les Powerpuff Girls ou « Super Nanas » sont des triplettes surdouées aux pouvoirs dévastateurs. *(N.d.T.)*

— Qu'est-ce qu'on dit… ? murmura Forest avec un enthousiasme rauque.

On aurait dit le début d'une espèce de mélopée.

— « Qu'est-ce *qu'on* dit quand *il* dit : « Viens, tu sais de quoi tu as envie » ? scandèrent les quatre filles. On dit : « *Attends, connard !* »

Les filles se penchèrent dans le cercle dans une espèce de tête à tête blond.

— « Pas de sexe sans sentiment ! L'amitié, pour toujours et *à jamais* ! »

Elles se détachèrent en braillant des cris de joie et de triomphe et en faisant des bonds comme des pom-pom girls.

— Faut que j'y aille, marmonna Olivia pour la cinquantième fois, l'estomac toujours bouillonnant.

Elle se dirigea vers la porte en titubant, espérant arriver aux toilettes à temps mais non, trop tard. Elle ôta d'un coup la casquette de base-ball de Georgetown et dégueula dedans.

— Je vais t'appeler une voiture, dit Rebecca en attrapant le téléphone et en composant un numéro, l'efficacité incarnée. Nous ne voudrions pas que tu loupes ton avion.

C'était bien sympa une communauté, mais personne ne voulait d'une sœur malade qui dégobillait dans les toilettes.

— Tiens, fit Fran en lui tendant une casquette bleue arborant un Y blanc. Une casquette de Yale. Prends la mienne.

Olivia emporta la casquette avec elle dans la salle de bains. Un regard d'une demi-seconde dans le miroir suffit à lui faire comprendre qu'elle avait clairement besoin d'une casquette. Et de lunettes de soleil. Et d'une toute nouvelle vie.

le lendemain matin, partie IV

« Il lui faut vachement de temps pour s'habiller le matin, même si tu sais, il est toujours pareil », Dan entendit-il Vanessa confier à Tiphany lorsqu'il se réveilla. Il était allongé sur le dos sur le lit de Vanessa et écoutait leurs voix de l'autre côté de la porte, alors qu'elles préparaient le petit déjeuner dans la cuisine.

Comment ça, *pareil* ? se demanda-t-il.

— Hé, il en faut du temps pour maîtriser la chemise à moitié sortie du pantalon, rétorqua Tiphany.

Puis Vanessa ajouta autre chose que Dan n'entendit pas et les filles éclatèrent de rire.

Tiphany faisait pocher un œuf au micro-ondes. Vanessa avait calé sa caméra sur son épaule.

— Alors dis-moi pourquoi tu as décidé de ne pas aller à la fac, demanda-t-elle.

Tiphany noua ses cheveux violet et noir et sortit une assiette du placard.

— En fait, ce n'était pas vraiment un *choix*. C'est juste que j'ai jamais eu l'occasion de m'inscrire.

— Et qu'est-ce que tu faisais pendant que tout le monde allait en cours ? la poussa Vanessa.

Tiphany fourra deux tranches de pain dans le grille-pain puis ouvrit tous les tiroirs de la cuisine à la recherche d'un couteau.

— Pendant, genre, un an, j'ai glandé. Suis allée en Floride. Ai vécu sur la plage et fait des piercings à tous ceux qui en voulaient. Ensuite j'ai trouvé un boulot de serveuse sur un bateau de croisière pendant un moment. Puis j'ai laissé tomber et je suis restée au Mexique où j'ai peint des maisons. Ensuite je suis revenue et j'ai trouvé du boulot dans le bâtiment. (Elle la gratifia d'un grand sourire et lécha un bout de beurre sur son couteau.) Ça a été un voyage fantastique.

— Waouh ! lança Vanessa.

Tiphany était probablement la personne la plus intéressante, la plus optimiste qu'elle avait jamais rencontrée et elle se sentait de plus en plus attirée par elle. Pas sexuellement, non, mais du genre « si seulement j'étais plus comme toi ».

— Mais si tu pouvais tout recommencer, irais-tu à la fac ? cria Dan sur le pas de la porte de la chambre.

Il portait un T-shirt rouge délavé et des boxer-shorts blancs et ses cheveux étaient tout ébouriffés et emmêlés.

— Salut, marmotte ! répondit Tiphany, ignorant sa question.

— Salut, marmotte ! dit Vanessa, exactement sur le même ton. Ça va ?

— Ça va. (Dan tira sur son T-shirt, mal à l'aise.) Ça fait longtemps que vous êtes réveillées, vous deux ?

— Un moment, répondit Vanessa d'un ton vague.

Tiphany sortit son œuf du micro-ondes, le glissa sur sa tartine grillée et emporta son assiette dans le séjour. Il y avait une bosse sous le drap du futon de Ruby, où dormait Tooter le furet, lové en boule. Tiphany mit l'un de ses CD dans la chaîne hi-fi et monta le volume. C'était un truc bruyant et discordant que Dan entendait pour la première fois. Sûrement pas une musique du matin. Elle s'approcha de Vanessa en dansant et lui prit les mains, et, à la grande stupéfaction de Dan, Vanessa se mit à faire des petits bonds et à trémousser son cul au rythme de la musique.

Pardon ?

Vanessa ne dansait jamais. Jamais de la vie. Que lui avait donc fait Tiphany ?

Alors que les filles continuaient à danser, Tooter sortit de sous les couvertures en ondulant et trotta vers les nouvelles Puma de ville vintage bleu et or de Dan, rangées près de la porte. Il les renifla plusieurs fois puis se retourna, s'accroupit et pissa.

— Hé ! s'écria Dan en se précipitant pour sauver ses chaussures.

— Tooter ? dit Tiphany en dansant vers lui. Tout va bien, bébé. Viens voir maman. (Elle s'accroupit et ouvrit les bras.) N'aie pas peur.

Vanessa les rejoignit, les joues roses.

— Oh, Dan, tu lui as fait peur !

— Non, je ne lui ai pas fait peur, dit Dan en agitant la main de colère au furet. Va voir maman, petite saloperie, ajouta-t-il dans sa barbe.

Dans sa tête, il avait déjà commencé un nouveau poème. Il s'intitulait « Tuer Tooter ».

— Mettez-vous en rangs, les filles. Par ordre de taille, s'il vous plaît ! aboya Andre, l'assistant du photographe.

Il était onze heures dimanche matin et Jenny était arrivée au studio depuis plus d'une heure, après s'être réveillée à six et avoir passé trois plombes à se préparer. Elle avait pris une douche, s'était fait un brushing puis maquillée – trois fois. La première, on aurait dit un pot de peinture. La deuxième, elle avait l'air bizarre et la troisième, elle avait raisonnablement décidé de laisser sécher ses cheveux naturellement et d'y aller sans maquillage, vu que c'était le boulot du styliste de toute façon.

Le shooting se déroulait dans le même studio que le *go-see*. Cette fois, le paravent blanc et la chaise de velours rouge avaient disparu, remplacés par une étendue de gazon artificiel qui recouvrait le sol et un filet de volley-ball installé sur la fausse pelouse. Lorsque Jenny arriva, elle découvrit qu'elle n'était pas la seule « mannequin » à être photographiée. Il y avait cinq autres filles et toutes avaient l'air de… modèles. Le styliste lui demanda d'enfiler un soutien-gorge de sport Nike en lycra bleu roi et un short assorti. Puis elle attacha ses cheveux en queue-de-cheval et lui appliqua un peu de gloss clair. Jenny se sentait plus prête pour un cours de gym que pour une séance photos mais elle constata que tous les autres modèles étaient habillées pareil.

— Alignez-vous devant le filet. Dépêchez-vous, les filles. C'est pas sorcier ! se plaignit Andre.

Vu qu'elle était en général la plus petite dans n'importe quel groupe, Jenny se mit au bout de la rangée devant le filet de volley à côté d'une fille plate qui ne faisait que quelques centimètres de plus qu'elle. Puis Andre la prit par le bras et l'entraîna à l'autre bout de la rangée, à côté d'une grande gigue aux nichons presque aussi gros que les siens. Il bouscula les autres filles alignées.

— Ça ira, cria le photographe en marchant à grands pas sur ses jambes trapues. (Il caressa son bouc, passant la file en revue.) Essayez de toutes vous prendre par la taille.

Les filles s'exécutèrent.

— Nan, trop pom-pom girl. Éloignez-vous les unes des autres et mettez les mains sur les hanches. Jambes écartées. (Il souleva son appareil et regarda dans le viseur.) Épaules en arrière, menton relevé, c'est bon, ordonna-t-il, en les mitraillant.

Jenny fit de son mieux pour avoir l'air courageuse et forte, et provocatrice, comme se devait de l'être un top pour Nike, d'après elle. Elle n'avait pas la musculature d'une varappeuse ni d'une coureuse de marathon mais les autres filles non plus.

— C'est pour quoi au fait ? murmura-t-elle à la fille à côté d'elle.

— Un magazine d'ados, répondit-elle. Quel genre d'expression vous voulez qu'on fasse ? demanda la même fille au photographe.

— Peu importe.

Le photographe grimpa sur un marchepied et continua à les photographier.

Jenny détendit son visage de top-provocatrice-pour-Nike. Que voulait-il dire par « peu importe » ? Elle ferma les yeux et avança sa lèvre inférieure, dans une moue exagérée, le testant.

— Bon boulot, petite ! cria le photographe.

Jenny ouvrit les yeux, hyperconfuse. Elle montra ses dents et fronça le nez. Puis elle tira la langue.

— Excellent ! lança le photographe.

Jenny gloussa. En fait, c'était vachement plus drôle que d'essayer d'avoir l'air séduisante et jolie. Au moins, elle pouvait mettre sa personnalité en valeur. Et pour la première fois de sa vie devant un appareil-photo – en soutif de sport, excusez du peu – elle oublia complètement ses nichons.

Ce qui était un miracle en soi.

*yale veut voir **n** dans son slip de sport*

— Comment ça va, coach ? dit Nate d'une voix traînante lorsqu'il rejoignit l'entraîneur de Yale à sa table chez Sarabeth avec trois quarts d'heure de retard. Désolé, je suis en retard. Je suis encore déchiré de hier soir.

Il avait fumé deux autres joints depuis celui qu'il avait partagé avec Brigid dans la chambre d'hôtel. Ses yeux n'étaient plus que deux fentes et il était tout sourires.

Sarabeth était un restaurant lumineux, fleuri et bondé de mamans de l'Upper East Side brunchant avec leurs bébés et de papas lisant les journaux du dimanche. L'endroit sentait le sirop d'érable.

— Assieds-toi, dit l'entraîneur en lui désignant la chaise en face de lui.

Sa crinière blonde tombait en cascade sur ses épaules et elle portait du rouge à lèvres rouge et une espèce de dos-nu argenté. On aurait dit la sœur aînée de Jessica Simpson[1], perdue de vue depuis longtemps.

— Jolie casquette, ajouta-t-elle dans un sourire.

Nate portait l'une des casquettes de base-ball de Yale qu'elle lui avait données.

— J'ai aussi mis le slip de sport, lui annonça-t-il, tâchant désespérément de garder son sérieux.

1. Chanteuse dans la lignée des Britney Spears, etc., et « héroïne » de l'émission de télé-réalité de MTV *Newlyweds* ayant pour but de filmer la vie et l'intimité de jeunes mariés. Jessica se fait donc filmer vingt-quatre heures sur vingt-quatre avec Nick Lachey, son mari. *(N.d.T.)*

Il excellait de plus en plus à jouer les salauds. Il attrapa un muffin dans un panier sur la table et fourra le truc entier dans sa bouche.

— J'ai une putain de faim, ajouta-t-il la bouche pleine.

— Mange ce que tu veux, lui dit l'entraîneur, généreuse. J'ai l'habitude d'être entourée de garçons affamés.

— Humpht, grommela Nate.

Ça s'annonçait plus dur qu'il l'avait supposé. Il prit une plaquette de beurre individuelle entre ses doigts et l'enfourna dans sa bouche avec le muffin.

— Alors dis-moi pourquoi je devrais jouer avec ces tapettes, au fait.

L'entraîneur sirota son champagne-jus d'orange.

— Tu es le genre de type à aimer le défi – ça se voit. Sinon tu t'ennuies. Tu fais des choses que tu risques de regretter plus tard. Mon boulot, c'est te donner des coups de pied au cul et je te promets que je le ferai.

Nate avala le morceau de beurre. Pas étonnant que l'équipe de Yale s'en sorte si bien cette année. Il était impressionné, il devait le reconnaître. Mais bon, le convaincre d'entrer à Yale était la *mission* de l'entraîneur, la seule et unique raison pour laquelle elle était venue à New York en premier lieu. Et sa mission à lui était de se faire *virer*.

Peut-être s'y prenait-il mal. Il s'essuya la bouche et fixa le regard bleu de l'entraîneur de ses irrésistibles yeux verts.

— On t'a déjà dit que tu étais sexy ?

Il attrapa sa jambe sous la table et la garda dans sa main.

L'entraîneur le gratifia de son sourire placide et confiant.

— On me le dit souvent, surtout les mecs de mon équipe.

Brusquement, Nate sentit une douleur lancinante dans sa main.

— Merde ! s'écria-t-il avant de s'éloigner.

Il posa délicatement sa main sur son genou. L'entraîneur de Yale lui avait donné un coup de fourchette. Et il saignait !

— Et je dois dire que tu me plais bien. Tu es beau gosse. Mais je devrais me contenter de te voir dans ce slip de sport de Yale dans les vestiaires à la rentrée. (Elle fouilla dans son sac à main et lui jeta un pansement.) Ça marche ?

Nate comprit alors que Yale pourrait bien être la fac qui lui fallait. Et si Olivia finissait par y être admise elle aussi ? Ils pourraient y aller ensemble et vivre heureux le reste de leur vie. Peut-être même que Serena les rejoindrait. Et tous les *trois* vivraient alors heureux le restant de leurs jours.

Bancale, comme histoire.

— Ça marche, dit-il et il fit signe au serveur de sa main valide.

Il commanda une bière puis gratifia l'entraîneur du sourire impudent et défoncé qui faisait fondre les filles et incitait ses professeurs à lui mettre un 18 quand il méritait un 12/20.

L'entraîneur passa son pouce sur les dents de la fourchette.

— Je crois que ça va me plaire de t'avoir dans mon équipe, dit-elle.

Et ça va *nous* plaire de le voir dans ce slip de sport.

yale gagne le cœur de s en chanson

Serena ne fut pas en mesure de visiter Yale, ce qui ne fut pas réellement une surprise dans la mesure où elle se présenta avec près d'une heure de retard.

— Revenez à trois heures, lui conseilla la femme à la réception du bureau des admissions. Il y aura une autre visite.

Serena traîna devant le centre réservé aux visiteurs, une maison blanche historique aux volets noirs, et se demanda que faire en attendant.

« *Do ré mi fa sol la si do !* » chanta en chœur un groupe de voix masculines plus bas sur Elm Street.

« *La la la* », reprirent les voix à l'unisson.

Se laissant guider par les voix, Serena descendit la rue en direction de la majestueuse Battell Chapel de Yale. Lorsqu'elle y parvint, elle aperçut un groupe de garçons debout sous la porte cintrée, faisant des vocalises. Elle avait entendu parler des célèbres Whiffenpoofs, le groupe de chant *a cappella* exclusivement masculin de Yale, mais ne les avait jamais entendus chanter. Et elle n'avait jamais imaginé comme ils étaient mignons !

D'un seul coup ils attaquèrent *Midnight Train To Georgia*. Elle s'assit en bas des marches de la chapelle, espérant que ça ne les dérangerait pas qu'elle les écoute. Et les *regarde* – le ténor blond au-devant, qui faisait tout gamin et n'arrêtait pas d'avancer et de faire de mignonnes brèves apparitions en solo ; le rugbyman musclé au fond qui avait la voix de baryton la plus grave qu'elle avait jamais entendue ; l'intello plein de taches de rousseur qui venait juste de trouver sa voie ; le grand maigre diaphane aux cheveux bruns flottant qui chantait ses solos avec un merveilleux accent anglais et portait les chaussures style années 1940 les plus classe qu'elle n'avait jamais vues.

Elle aurait pu se lever et se lancer dans un petit solo *a cappella* : « *Yale boys, Yale boys, miam, miam, miam !* »

Les garçons finirent sur une longue note douce, debout sur la pointe des pieds pour qu'elle se tienne. Puis le ténor blond au premier rang du groupe chantonna en descendant les marches de la chapelle dans un be-bop en direction de Serena. Lorsqu'il parvint là où elle était assise, il tomba à genoux et leva les yeux sur elle.

« *Un, deux, trois… Beauté, tomberas-tu amoureuse de moi ?* »

Serena gloussait. Il plaisantait ?

« *Beauté, veux-tu faire partie de ma famille ?* » reprit le rugbyman en haut des marches.

« *Beauté, veux-tu passer l'après-midi à m'embrasser sous un arbre ?* » chanta tout le groupe en harmonie.

Serena s'assit sur les mains, s'empourprant comme une folle. Voilà qu'elle comprenait pourquoi Olivia désirait aussi ardemment entrer à Yale !

« *Aujourd'hui c'est dimanche. Et le dimanche nous chantons, nous ne parlons pas. C'est une belle journée. Veux-tu te balader avec moi ?* » entonna le ténor blond en lui prenant la main.

Serena hésita. C'était un peu gonflé de sa part de l'avoir carrément abordée pour lui donner la sérénade. Le garçon sembla remarquer son hésitation.

— Je suis Lars, étudiant en deuxième année, murmura-t-il, comme s'il craignait que les autres membres du groupe l'entendent parler au lieu de chanter. C'était juste une impro. Nous faisons ça tout le temps.

Serena se détendit quelque peu. Lars avait de sublimes yeux bleu-vert et de minuscules taches de rousseur sur l'arête du nez. Il portait par ailleurs la même paire de Camper brun clair que celle qu'elle avait offertes à son frère pour son anniversaire.

— J'ai loupé ma visite, avoua-t-elle.

« *Je te servirai de guide, pas de problème* », chanta-t-il.

Elle regarda par-dessus son épaule le vieux campus de Yale de l'autre côté de College Street. Un groupe de filles jouait au frisbee sur la pelouse de New Haven, les fenêtres à pignons de la résidence ancienne se dressant de toutes parts autour d'elles. C'était un endroit magnifique.

« *Beauté, nous te servirons* tous *de guide* », entonnèrent les Whiffenpoofs.

Serena gloussa de nouveau et laissa Lars l'aider à se relever. Si Yale la voulait à ce point, ils l'auraient sans problème !

gossipgirl.net

thèmes ◀ précédent suivant ▶ envoyer une question répondre

Avertissement : tous les noms de lieux, personnes et événements ont été modifiés ou abrégés afin de protéger les innocents. En l'occurrence, moi.

salut à tous !

FAITS PEU CONNUS – OU SCANDALEUX MENSONGES, À VOUS DE DÉCIDER

À Georgetown il existe un réseau de prostitution qui se fait passer pour une communauté de célibataires. C'est un groupe extrêmement select qui existe depuis un demi-siècle.

Une tueuse en série transportant un furet et empruntant des noms de filles exotiques tels que Fantasia ou Tinkerbelle est en liberté dans la métropole. Arme de prédilection : le pic.

Un escroc rusé s'est fait passer pour membre du bureau des admissions de Brown, acceptant les étudiants et se mettant les frais de scolarité dans la poche. Lorsque les étudiants se présentent pour leur semaine d'accueil à la rentrée, l'université n'a jamais entendu parler d'eux. Jusque-là, les autorités n'ont pas encore arrêté l'auteur de cette arnaque inventive.

Dans le dernier numéro du magazine *Treat*, un article intitulé « Le tour de poitrine compte-t-il ? » Vous pensez à la même chose que moi ?

Apparemment le département d'art de Brown chante les louanges de son plus jeune professeur, une recrue vénézuélienne spécialisée dans les interprétations à l'huile abstraites de figures de pop-culture, et surtout de pop-culture ado. Là encore, vous pensez à la même chose que moi ?

Naturellement, tout cela n'est peut-être qu'un ramassis de conneries.

VOS E-MAILS

Q: Chère GG,
Comment ça se fait que la fac où tu vas entrer ne te fasse pas stresser ? Je commence à me dire que si ça se trouve t'es en quatrième, que t'as peut-être un grand frère ou une grande sœur et que c'est comme ça que tu connais un tas de trucs là-dessus.
— nana

R: Chère nana,
J'adore le temps que tout le monde passe à penser à MOI. Vais-je devenir l'une de ces icônes pop sur lesquelles les gens se mettent à écrire des thèses, genre Madonna ? Je vais te dire une chose, toutefois : en quatrième ? J'ai déjà donné, merci bien.
— GG

Q: Chère GG,
Je me suis fait virer de Brown avant même de commencer ma première année. J'ai été hypersurprise d'avoir été reçue étant donné que j'avais que des 10 dans presque toutes les matières en terminale. Enfin bref, il s'est avéré que j'avais pas vraiment été admise. J'avais été victime de cette méga arnaque où quelqu'un admettait les élèves et piquait le fric de leurs parents sans même que l'école soit au courant. Aujourd'hui je sers de caddie dans le club de golf de mon père.
— putter

R: Chèr(e) putter,
j'espère que tu n'es pas cet adepte de la fumette qui s'emmerde et qui sert de caddie comme ceux qui bossent au club de golf de MON père, et qui aime raconter à tout le monde cette histoire comme quoi il a été admis à Brown puis s'est fait virer. Pas mal comme histoire. J'espère juste qu'il ne m'arrivera pas la même chose, ni à mes copains.
— GG

Q: Chère GG,
tu pE m'expliquer la différence entre une fille qui aime juste traîner avec différents mecs et une pouffiasse ? pask je sais que je passe peut-être pour une pouffiasse mais où est le mal à avoir des tas de potes garçons ? ça dérange pas les mecs apparemment. juste les filles.
— popgrl

R: Chère popgrl,
Aucune, aucune, aucune. En fait, une fille très proche de mon cœur – **S** pour ne pas la nommer – est tout à fait ce genre de nana, et regarde comme elle s'en sort bien !
— GG

ON A VU

V et **D** traînés dans **Chinatown** par une grande gueule aux cheveux violet et noir qui portait un poisson vivant dans un sac en plastique bleu. Disons juste que je risque pas d'aller dîner chez eux de sitôt. **O** au **Elizabeth Arden Red Door Salon** après la fermeture dimanche. Comment ça s'écrit, déjà, *correction de couleur* ? **S**, la tête collée à la vitre du train New Haven – New York, ronfler doucement. J'imagine qu'elle a pas beaucoup dormi ce week-end – si vous voyez ce que je veux dire. **N,** dans un coin de rue ombragé échanger son sweat-shirt **Brown** contre une dose de drogue de dix dollars. Et petite **J** faire du jogging à **Riverside Park**. Essayer de se muscler pour son prochain job temporaire de modèle ?
Qui savait que ce week-end serait aussi révolutionnaire ?
On se voit demain à l'école.

Vous m'adorez, ne dites pas le contraire.

gossip girl

o mérite une décoration

— Mme M a reçu un coup de fil de Georgetown, murmura Rain Hoffstetter à Kati Farkas dans la bibliothèque de Constance Billard. (Les filles feignaient de choisir des livres sur la peinture américaine moderne pour les lire en permanence.) Samedi soir, Olivia et une bande de filles de Georgetown se sont fait choper : elles se faisaient payer pour baiser. Elles sont allées dans une espèce de bar pour célibataires en ville et ont ramassé des mecs toute la nuit. Sa mère a rendez-vous aujourd'hui dans le bureau de Mme M vu que maintenant elle ne pourra même plus entrer à Georgetown.

En effet, Olivia venait d'annoncer à la bibliothécaire qu'elle sécherait l'heure d'étude parce qu'elle avait un rendez-vous important dans le bureau de la directrice *avec sa mère*.

— Je l'ai trouvée bizarre aujourd'hui, lança Isabel Coates d'un ton songeur. J'imagine que quand tu attends si longtemps pour perdre ta virginité, autant te faire payer pour.

— Mais comment ça se fait qu'elle porte des bas ? Il fait genre vingt degrés dehors ! constata Kati.

Laura Salmon pouffa :

— Si ça se trouve elle a, je sais pas moi, des brûlures, vous savez, à cause de toute la baise.

Ou peut-être a-t-elle laissé quatre filles bourrées lui raser les jambes ?

Le bureau de Mme M se trouvait à l'étage principal, en bas du couloir après l'accueil. Lorsqu'elle passa devant, Olivia constata que l'accueil était recouvert de bouquets de fleurs – de roses, principalement.

— Elles sont pour qui ? demanda Olivia à Donna, la nouvelle réceptionniste à temps partiel.

Celle-ci haussa les épaules et timbra une autre lettre portant la signature de Mme M.

— Qu'est-ce que j'en sais !

Olivia jeta un œil au petit mot qui accompagnait le plus gros bouquet, un mélange splendide de roses jaunes et de freesias. *Serena, Serena*, disait-il. *Je ne cesse de chanter ton nom*. Et il était signé : *Affectueusement, Lars et les Whiffenpoofs de Yale.*

— Ça se tient, fit Olivia d'un ton boudeur en se dirigeant vers le bureau de Mme M.

Peut-être que si elle avait été suffisamment salope pour coucher avec tous les mecs des Whiffenpoofs aurait-elle été admise à Yale elle aussi.

Le bureau de Mme M était entièrement rouge, blanc et bleu. Tapisserie à rayures blanc et bleu de Chine. Tapis rouge. Canapé de velours bleu marine. Chaise rouge et blanc en chintz. Très patriotique. Même Mme M était bleu, blanc, rouge – tailleur-pantalon de vieille fille en lin bleu marine, rouge à lèvres rouge, peau blanche terreuse et ongles vernis de rouge. Seuls ses cheveux, châtains et frisés, variaient de la teinte générale.

— J'aime beaucoup vos cheveux courts, observa Mme M lorsque Olivia entra.

Bien sûr que tu les aimes, espèce de sale gouine, songea Olivia en souriant poliment. Elle se tapota la tête.

— Merci.

En fait elle est plutôt soulagée que jusque-là personne – même pas sa mère – n'ait remarqué que ses cheveux avaient été teints de son châtain naturel foncé à jaune taxi pour redevenir châtains. La coloriste avait fait du bon boulot mais, à ses yeux, la couleur était anormalement *uniforme* et son cuir chevelu la démangeait atrocement à force d'avoir été autant teint.

Olivia s'assit sur le canapé, puis sa mère entra dans le bureau en se dandinant, agrippant son ventre comme si le bébé allait en tomber si elle ne le retenait pas. Des mèches blondes étaient collées à ses joues et sa peau était rouge et marbrée. Elle s'éventa avec la main.

— Dire que l'an dernier à la même époque je faisais un match de tennis entier cinq jours par semaine. Aujourd'hui, je ne peux même pas faire le tour du pâté de maisons sans ruisseler de sueur !

Mme M lui adressa son sourire poli « réservé aux parents ».

— Courir après un bébé vous remettra en forme en un rien de temps.

Mouais, comme s'il n'y avait pas déjà une nounou qui dormait dans la chambre de la bonne dans leur appartement somptueux !

Olivia roula des yeux et gratta ses chevilles brûlées par le rasoir. Elle n'avait pas demandé ce rendez-vous pour parler bébés. Par la fenêtre du bureau de la directrice, elle remarqua une femme en treillis militaire qui descendait la 93e Rue. Cette vision lui donna une idée. N'existait-il pas une espèce de programme militaire qui sponsorisait vos années d'études à la fac ? Elle pourrait s'engager dans l'armée, aller à Yale puis faire le minimum du service obligatoire. Elle s'imagina dans les tranchées boueuses jusqu'à la taille, repoussant l'ennemi, pendant que tout le monde étudierait en bibliothèque, genre. Elle pourrait être une héroïne, se voir décerner une décoration pour les blessés de guerre ! Et lorsqu'elle serait portée disparue, Nate partirait à sa recherche, risquerait sa vie pour la rapatrier et ils baiseraient enfin, après toutes ces années.

Il faut sauver le soldat Olivia. Bientôt dans votre vidéoclub.

Mme M flanqua son énorme cul de mec dans le fauteuil à oreilles en toile rouge derrière son immense bureau en acajou.

— Tant que je vous ai toutes les deux, j'aimerais féliciter Olivia pour ses résultats à Constance. Pas une note en dessous de 14. Assiduité excellente. Merveilleuses qualités de leader et de participation. Olivia, attendez-vous à recevoir une flopée de récompenses lors de la remise des diplômes en juin.

Eleanor gratifia la directrice d'un vague sourire. Son esprit semblait être entièrement ailleurs.

— Alors pourquoi je n'ai pas été admise à Yale ? demanda

Olivia. A quoi ça sert de travailler aussi dur et tout et tout si une fac comme Yale accepte certaines de mes camarades de classe bien plus nulles que moi ?

Mme M mit de l'ordre dans des papiers sur son bureau.

— Je ne me prononcerai pas pour Yale mais je dirais que je ne comprends pas leur décision. Nos dossiers nous disent toutefois que vous êtes sur liste d'attente. Il reste donc une très grande chance que vous soyez reçue.

Olivia croisa les bras sur sa poitrine. Ça ne lui suffisait pas. Elle darda un regard noir sur sa mère. C'était maintenant que celle-ci était censée inonder Mme M d'argent pour Constance si elle passait quelques coups de fil au doyen de Yale et assurait une place à sa fille. Mais Eleanor resta assise en regardant par la fenêtre, haletant comme un chien en été.

— Maman ? dit Olivia.

— Ouch, souffla Eleanor, s'éventant frénétiquement. Pourrais-tu m'appeler une voiture, s'il te plaît, chérie ? (Elle décolla de sa chaise et s'accroupit sur le tapis écarlate de Mme M dans une position qu'Olivia avait déjà vue lors des cours de préparation à l'accouchement de Ruth.) Oooouch ! Je crois que je vais accoucher plus tôt que tout le monde le pensait !

Pour un mauvais timing…

Olivia grimaça lorsque sa mère passa sérieusement en mode « exercices-de-respiration-de-cours-de-préparation-à-l'accouchement ».

— Ouch, ouch, ouch !

— Maman !

Mme M composa le numéro de Donna à l'accueil.

— Appelez une ambulance, s'il vous plaît, Donna. Mme Waldorf Rose semble avoir des contractions.

— Non ! riposta Olivia. Lenox Hill n'est pas loin. La voiture de maman l'attend en bas.

Sa mère lui prit la main et la serra fort. Olivia avait le sentiment d'avoir dit ce qu'il fallait.

— Annulez l'ambulance, ordonna Mme M sur son ton de commando militaire dont les filles se moquaient tout le temps. La voiture de Mme Rose attend devant l'école. Veuillez dire à son chauffeur qu'elle arrive et qu'il la dépose au Lenox Hill Hospital.

— Ouuch, ouuch, ouuch, haleta Eleanor.

— *Immédiatement* ! aboya Mme M au téléphone.

Olivia sortit son portable de son sac pour appeler Cyrus. « Maman a des contractions, dit-elle à sa messagerie d'un ton impassible. Nous allons à l'hôpital. » Elle raccrocha et fourra ses mains sous les aisselles de sa mère.

— Tu ne veux pas l'avoir ici, hein, maman ?

— Non, geignit Eleanor en se relevant d'un pas mal assuré.

Elle passa un bras autour des épaules de sa fille et l'autre autour de la taille de la directrice. « Ouuch, ouuuch, ouuuch », soufflat-elle tandis que l'étrange trio descendait le couloir et passait les grandes portes bleues de Constance Billard.

— Je vais appeler l'hôpital pour les avertir de votre arrivée, dit Mme M à Olivia, la compétence incarnée.

— Crise cardiaque ? fit le chauffeur lorsqu'il leur ouvrit la portière.

Ça avait presque l'air de l'enchanter.

— Non, idiot, rétorqua Olivia d'un ton cassant. Elle est en train d'accoucher. Et si vous aviez fermé votre gueule, nous serions déjà arrivés.

— Ouuch, ouuuch, ouuuch ! haleta sa mère, attrapant la main d'Olivia dans une étreinte de condamnée à mort.

La jeune fille leva les yeux sur les grandes fenêtres de la bibliothèque de l'établissement située au troisième étage alors que la voiture démarrait. Elles étaient emplies de visages d'élèves qui regardaient en bas dans la rue.

— Oh mon Dieu, je crois qu'elle vient d'accoucher dans le bureau de Mme M ! s'écria Rain Hoffstetter.

— Qui ? Olivia ? s'enquit Laura Salmon.

— Non, idiote. Sa *mère*, corrigea Rain.

— C'est carrément de la faute d'Olivia. Il paraît que le stress peut te faire accoucher plus tôt que prévu, fit remarquer Isabel Coates.

— Sa pauvre maman ! C'est genre « oh, au fait, votre fille est une prostituée. Et oups, voilà un autre bébé qui vient foutre sa merde », ajouta Nicki Button.

— Bébé arrive ! Whiiish ! siffla Eleanor, à quatre pattes à l'arrière de la voiture. Bébé arrive *maintenant* ! grommela-t-elle en mordant l'appuie-tête en vinyle.

Olivia détourna les yeux de la vitre et tapota l'épaule de sa mère.

— Nous sommes presque arrivées, maman, murmura-t-elle, ravie d'avoir été là lorsque sa mère avait eu ses premières contractions et que ce n'ait pas été une vendeuse chiante de Saks, genre. Imagine juste que tu… (Elle tâcha de penser à une chose que leur avait dite Ruth mais son seul souvenir était l'histoire des fesses qui se dégonflaient comme un ballon et en aucun cas elle ne lui sortirait *ce genre de truc*. Elle s'efforça donc de trouver quelque chose qui *la* détendrait.) Imagine juste que tu manges un grand bol de glace au chocolat en regardant *Diamants sur canapé*, finit-elle par dire.

— Bébé arrive *maintenant* ! cria de nouveau sa mère, les doigts blancs et le visage pourpre d'effort.

Olivia comprit que ce qu'elle disait n'avait aucune importance. Le bébé *arrivait* – ce n'était qu'une question de minutes. La voiture s'arrêta à un feu à l'angle de la 89e et de Park. Elle se pencha vite fait et s'approcha tout près de l'oreille du chauffeur :

— Vous voulez qu'on salope complètement la banquette arrière de votre voiture ou vous allez griller ce feu et nous amener là-bas en trente secondes ?

Le chauffeur appuya sur le champignon tout en klaxonnant comme un fou.

Bébé arrive !

n et s en manque de leur vieux trio

Nate sortait de l'école, en route pour s'acheter un burrito et dix dollars de drogue lorsqu'il s'arrêta net. Une femme aux cheveux blond vénitien était assise sur le banc de cuir marron dans l'entrée de l'établissement, son sac à main Kate Spade noir proprement posé sur ses genoux et un sac marin de l'université de Brown à ses pieds. Un gros roman était ouvert sur ses genoux ; visiblement elle attendait depuis des heures. Le jeune homme fit marche arrière, le plus discrètement possible, et descendit l'escalier en direction des casiers. Cette fois, il devrait oublier qu'il avait les crocs et faire une croix sur son joint habituel pré-trigonométrie. C'était soit ça, soit affronter Brigid.

— Mec, pourquoi tu te planques comme ça ? demanda Jeremy en l'observant en bas de l'escalier.

— Pour rien, marmonna Nate. Hé, t'as mangé ? demanda-t-il, plein d'espoir.

— Nan. Je vais chez le traiteur justement. Tu viens ?

Jeremy tapota la poche de son baggy kaki pour que son copain entende le crissement sec de papiers à rouler et du sachet plein d'herbe.

— On se prend un petit apéro avant ? proposa-t-il.

Nate sortit un billet de vingt dollars de sa poche qu'il donna à son pote.

— Prends-moi juste un sandwich au thon et un Gatorade.

Jeremy prit l'argent.

— Quoi, t'as pas encore fini ton devoir de trigo ?

— Même pas commencé.

Jeremy fit tourner son sac à dos puis en sortit un cahier qu'il donna à Nate.

— Commence à recopier. Je te rapporte ta bouffe dès que je reviens.

— Merci, man, dit Nate, reconnaissant.

La vérité, c'est que Jeremy était encore plus nul que lui en trigo mais côté amitié, il était champion du monde.

— Hé, fit-il en s'arrêtant en haut des marches. T'es au courant pour la mère d'Olivia ? Je crois qu'elle a accouché, genre en plein rendez-vous à l'école d'Olivia.

Nate fixa son copain, trop flippé pour répondre de crainte que Brigid l'entende. Il leva la main et hocha la tête avec raideur, avant de se diriger d'un bon pas vers les casiers. Putain de bordel de merde ! La vie de la pauvre Olivia pouvait-elle être encore plus mélo ?

Reste dans les parages et tu le sauras.

L'endroit où se trouvaient les casiers, en bas, était le seul lieu de l'école où l'on pouvait se servir d'« appareils portables ». Des garçons tournaient en rond, lecteurs MP3 à l'oreille, ou s'agglutinaient en groupe pour regarder un DVD sur l'ordinateur portable d'un élève. Nate s'assit sur le sol froid en lino vert vomi devant son casier, sortit son téléphone à la va-vite et composa le numéro de Serena. Évidemment il ne pouvait pas appeler Olivia. Pas quand elle était à l'hôpital à s'occuper de sa mère et tout et tout.

Comme s'il l'avait appelée de toute façon. Trouillard.

Serena s'installa à la place près de la fenêtre tant convoitée de la bibliothèque de Constance Billard, feignant d'ignorer les ragots qui faisaient le tour de la salle, d'autant plus que la moitié la concernait. Elle était parfaitement consciente du fait que l'accueil de l'école en bas ressemblait à une exposition florale de Macy et que toutes les fleurs provenaient de ses admirateurs de l'Ivy League. Mais comment apprécier être amoureuse de trois mecs différents si elle ne pouvait partager cette excitation avec aucun ? Et comment était-elle censée choisir un garçon sans les conseils objectifs de sa meilleure amie ?

Attendez, ce n'était pas une *université* qu'elle était supposée choisir ?

De toute évidence, Olivia lui en voulait à mort à cause de toute cette histoire de Yale et ne lui adresserait pas la parole de sitôt. En plus, celle-ci risquait d'être préoccupée pendant un moment, vu que sa petite sœur était arrivée plus tôt que prévu. Et ce n'était pas comme si Serena pouvait aller voir l'une de ses prétendues amies et camarades de classe comme Isabel Coates ou Kati Farkas, étant donné que, vu les rumeurs colportées à haute voix dans l'école, tout le monde pensait que Serena avait baisé avec tout l'orchestre de Harvard, tous les professeurs du département d'art de Brown et tous les Whiffenpoofs de Yale.

— Il paraît qu'elle l'a même fait avec le premier violon, murmura une fille pas discrètement du tout. C'est genre un prodige japonais de quinze ans.

— Tu sais, le prof de dessin avec qui elle a couché à Brown ? C'est genre le plus vieux prof de la fac. Il est là depuis que l'école a été *fondée* !

Depuis 1764 ? Waouh, il est vieux alors !

— Il paraît qu'elle a piqué le scénario d'Audrey Hepburn qu'Olivia a écrit pour entrer à Yale. C'est comme ça qu'elle a été admise. Olivia a tout découvert et depuis elles sont, genre, redevenues les meilleures ennemies du monde.

Faire l'objet de bobards aussi scandaleux avait un goût de déjà-vu pour Serena. Son mystérieux retour à Constance l'automne dernier après deux années passées en pension avait fait d'elle une vétéran de demi-vérités et de vilains ragots. Elle savait le gérer au mieux : elle les ignorait.

Brusquement son portable vibra dans son sac à dos Lulu Guinness en toile rose. Y jetant un œil, elle reconnut le numéro de Nate.

— Salut, murmura-t-elle en mettant le téléphone à son oreille derrière son livre de chimie géant. T'es au courant pour la mère d'Olivia ?

— C'est pour ça que je t'appelle, répondit Nate. Qu'est-ce qui s'est passé ?

Serena n'était pas du genre à raconter des craques.

— Je ne suis pas sûre. Tout ce que je sais, c'est qu'Olivia avait rendez-vous avec la directrice et sa maman et d'un seul coup, sa mère et elle sont sorties de l'école en courant et sont montées dans une voiture devant l'établissement. La réceptionniste a raconté à des filles de notre classe qu'elle a eu ses premières contractions et que la voiture la conduisait à Lenox Hill.

— Nom de Dieu, murmura Nate.

— Je sais, répondit Serena. Elle n'était pas censée accoucher avant juin.

— Tu crois qu'on devrait aller à l'hôpital ? Genre demain ? On pourrait apporter des fleurs et…

— Je ne sais pas, répondit-elle, perplexe, même si elle avait assurément un tas de fleurs à recycler. C'est un truc de famille privé. On ne sera peut-être pas les bienvenus.

En fait Eleanor Waldorf les avait toujours considérés comme des membres de la famille. C'était Olivia qui leur réserverait un mauvais accueil et tous deux le savaient.

— Ouais, en convint Nate. T'as sûrement raison. Je crois que je voulais juste…

Il se tut.

— Je sais, dit doucement Serena.

Tous deux désiraient redevenir un trio, être là les uns pour les autres dans des moments pareils. Dommage qu'Olivia leur en veuille à mort.

— Ce qui est dingue, c'est que je suis de plus en plus tenté par Yale, avoua Nate. Olivia va me tuer.

Serena regarda par la fenêtre. Un homme promenait vingt chiens en même temps, en direction de Central Park, la tête en arrière, chantant à tue-tête.

— Moi aussi je suis de plus en plus tentée par Yale, dit-elle, bien qu'elle n'en fût pas totalement convaincue. (Drew, Christian ou Lars ? Comment pourrait-elle jamais se décider ?) Ou peut-être que je devrais prendre une année sabbatique.

— On pourrait tous les trois se retrouver à Yale, fit Nate d'un ton songeur.

Ça alors, *ce* serait quelque chose !

— Peut-être, acquiesça Serena.

D'un seul coup, un *calme* incroyable régna dans la bibliothèque. Elle jeta un œil par-dessus son livre scolaire pour voir ce qui se tramait et quarante paires d'yeux se détournèrent vite fait. Toute la salle avait écouté sa conversation.

Bien, ça lui apprendrait à téléphoner à la bibliothèque, ce qui, nous le savons toutes, est contraire au règlement de l'école.

— Je ferais mieux d'y aller, dit-elle rapidement à Nate. La cloche va sonner dans une minute.

— Hé, dit Nate avant qu'elle ne raccroche. Cette fille au crâne rasé, tu sais si elle interviewe encore tout le monde au parc ?

— Je crois que oui.

— Cool, fit-il, l'air distrait. À plus, ajouta-t-il avant de raccrocher.

Serena ferma son livre d'un coup. Peut-être pourrait-elle faire sécher l'un des bouquets qu'on lui avait envoyés à l'intérieur du bouquin puis s'en servir pour confectionner une jolie carte à la maman d'Olivia, genre.

Nate rangea son téléphone dans sa poche et remonta quatre à quatre l'escalier de la salle des casiers, en route pour le fleuriste du coin, histoire d'envoyer des fleurs à la mère d'Olivia. Juste à temps il se souvint pourquoi il s'était planqué en bas. Brigid squattait toujours en haut, et l'attendait.

Il virevolta sur lui-même et redescendit lentement les marches tout en appelant les renseignements. Olivia avait toujours dit que lorsqu'ils habiteraient ensemble, elle commanderait des fleurs chez Takashima trois fois par semaine. Elle était plutôt difficile, côté fleurs. Une fois qu'il eut obtenu le numéro, il le composa.

— J'aimerais envoyer des fleurs à une patiente du Lenox Hill Hospital, à Manhattan, dit-il à la femme au bout du fil.

Jeremy descendit l'escalier derrière lui en trébuchant.

— Sympa, constata-t-il en lui tendant un sac en papier marron et plein de monnaie.

— Mettez juste « Affectueusement, virgule, Nate » sur la carte, ordonna Nate.

Sympa.

Avertissement : tous les noms de lieux, personnes et événements ont été modifiés ou abrégés afin de protéger les innocents. En l'occurrence, moi.

salut à tous !

CARNET ROSE DU *NY TIMES*

J'ai fait part de leur mariage et seulement, hum... cinq mois plus tard, me voilà en train d'annoncer la naissance :
Yale Jemimah Doris Rose, sexe féminin. Attendue début juin, la petite lilliputienne avait hâte de sortir. Elle décida donc de naître au Lenox Hill Hospital dans l'Upper East Side, Manhattan, à 14 h 17, le 20 avril – hier. Temps de travail total : quarante-cinq minutes. Poids : trois kilos huit. Taille : quarante-huit centimètres. Si elle avait attendu plus longtemps, elle aurait été un Big Mac et non un Whopper Jr. Les heureux parents sont Eleanor Wheaton Waldorf Rose, dame de la haute société, et Cyrus Solomon Rose, promoteur immobilier, 72e Rue Est. Ses frères et sœurs sont Aaron Elihue Rose, 17 ans, Tyler Hugh Waldorf Rose, 12 ans et Olivia Cornelia Waldorf, 17 ans, à l'origine du prénom inhabituel du bébé. Olivia espère manifestement que sa petite sœur lui portera chance dans l'université du même nom – Dieu sait que cela ne lui ferait pas de mal. La mère et l'enfant se portent bien, et la joyeuse famille retrouvera son somptueux appartement dès demain après-midi.

VOS E-MAILS

Q: Chère GG,
Hier soir, j'ai trouvé mon grand frère en train de lire mon magazine *Treat* au lit. Je le lui ai repris mais il m'a montré la page qui le passionnait. C'est cette fille dans ma classe à Constance, en soutif de sport vachement trop petit pour elle avec d'autres top models, rangées par taille de tour de poitrine. Mon frangin m'a demandé s'il pouvait arracher la page pour la coller dans son casier. J'ai refusé mais je pense qu'il va quand même acheter le magazine et le faire. Si j'étais à la place de cette nana, je mourrais.
— phoenix.

R: Chère phoenix,
Espérons pour ta camarade de classe que ton frère n'a pas beaucoup de copains.
— GG

ON A VU

Tout un groupe de terminales de **Constance Billard** au **Wicker Garden** sur **Madison Avenue**, s'extasier devant des cadeaux de naissance. Toutes les excuses sont bonnes pour faire les magasins. **J** et **E** se retrouver par hasard dans le même bus et s'ignorer pendant tout le trajet. Toujours brouillées, hein ? **V** se faire faire des mèches violettes chez un coiffeur de **Williamsburg**. Attendez, comment elle peut se faire des mèches alors qu'elle n'a *pas de cheveux* ? **N**, sortir en douce de l'école de garçons de **St Jude's** bien après le départ du gardien. Ça alors, qu'il est parano ! **O** chez **Zitomer**, sur Madison, acheter des couches et une barboteuse en cachemire à trois cents dollars. Devinez qui sera la grande sœur préférée de cette petite fille ? **S** traverser le parc et distribuer des fleurs aux sans-abri. C'est le geste qui compte.
Je file au kiosque du coin jeter un œil à ce magazine !

Vous m'adorez, ne dites pas le contraire.

gossip girl

c'est la taille qui compte

Lorsque Dan entra en cours d'anglais, sa première heure de cours du mardi, il trouva tous les mecs de sa classe plongés dans un magazine de filles.

— Ce que les gens ignorent, c'est qu'ils sont encore plus gros en vrai, fit observer Chuck Bass, la personne que Dan détestait le plus à Riverside Prep, voire dans le monde entier, depuis sa place habituelle au fond de la classe.

Chuck portait le béret vert style militaire qu'il avait acheté à West Point ce week-end. C'était son nouvel accessoire préféré, en plus de son singe de compagnie, qu'il emportait partout avec lui, même aux toilettes.

— J'ai raison ? poursuivit-il en levant les yeux.

Dan avait le mauvais pressentiment que Chuck s'adressait à lui.

— C'est comme s'ils étaient remplis d'hélium ou d'autre chose, ajouta un autre garçon en se penchant sur le bureau de Chuck pour mieux voir.

Ce dernier secoua la tête. Ses cheveux bruns avaient poussé en une espèce de coupe au carré de mec qu'il agitait dans tous les sens avec une fierté évidente.

— Mec, s'ils étaient remplis d'hélium, c'est clair qu'elle flotterait, bordel !

Il regarda de nouveau le magazine en plissant les yeux, la bague en argent monogrammée qu'il portait au petit doigt étincelant sous les lumières crues de la salle de cours. Puis il reposa les yeux sur Dan.

— Mec, c'est ta sœur. C'est quoi son problème de merde ?

D'instinct, Dan eut envie de lui dire d'aller se faire mettre mais vu que sa petite sœur Jenny était impliquée et qu'elle ne manquait pas de se fourrer dans toutes sortes de situations à problèmes, il préféra vérifier par lui-même. Il s'assit sur le bureau devant celui de Chuck et posa ses pieds sur la chaise. Par terre, quelque chose s'agita dans la besace Prada orange de Chuck. D'un seul coup, une tête blanche aux yeux semblables à des billes dorées émergea. C'était le singe de Chuck, au sourire diabolique.

Dan darda un regard noir sur lui.

— Qu'est-ce qu'elle a, ma sœur ?

Chuck s'étrangla d'un rire narquois et lui tendit le magazine.

— Ne me dis pas que tu n'es pas au courant.

Le magazine était ouvert à une double page titrant « Le tour de poitrine compte-t-il ? » L'article était un débat sérieux sur la position sociale des filles en fonction de leur tour de poitrine. Apparemment, si vous étiez plate comme une limande ou aviez d'énormes nichons, vous risquiez fort d'être ostracisées. Si vous étiez pourvue d'une forte poitrine mais que ce n'était pas hideux, vous étiez une salope. Les filles populaires avaient tendance à arborer un joli 90 B, la taille moyenne. Dan scruta la photo. Jenny et cinq autres filles, portant des soutifs de sport bleus et des shorts en lycra assortis, étaient alignées par tour de poitrine, de la plus grosse à la plus petite, devant un filet de volley. Les autres étaient toutes des mannequins – blondes, grandes, sourires parfaits, ventres plats et peaux bronzées. La fille à côté de Jenny s'était clairement fait faire des implants mais sa poitrine était pourtant loin d'égaler celle de sa sœur, 100 % naturelle. Celle de Jenny paraissait anormale et presque insolite, coincée dans un soutif de sport beaucoup trop petit. Pire encore, elle tirait la langue et ses grands yeux noisette brillaient, comme si elle s'éclatait comme une folle.

— Nom de Dieu ! marmonna Dan.

Il balança le magazine sur le bureau de Chuck, ses mains se mettant à transpirer et à trembler comme toujours quand il avait besoin d'une cigarette. Il savait que cet article était censé réhabiliter les filles à forte poitrine. Il y avait Jenny, l'air anormale mais fière de l'être. Mais cela n'empêcherait pas tous les mecs qui verraient la photo de l'arracher et d'inscrire un commentaire obscène en dessous avant de la coller sur la porte des toilettes.

— Y disent que huit garçons sur dix préfèrent une belle nana avec une poitrine de taille moyenne à une nana moyenne avec des nichons XXL, expliqua Chuck.

Merci bien, Connard en Chef.

Il était clair aux yeux de Dan que sa sœur était tellement pressée de devenir mannequin qu'elle n'avait pas réfléchi à quoi ressemblerait la photo. Pourtant, il n'y a pas si longtemps, une photo très compromettante de la jeune fille avait circulé partout sur Internet. Tout le monde en avait parlé un jour ou deux puis ça s'était tassé. Et Jenny n'avait même pas paru un minimum gênée. Elle était comme Mr Magoo, se précipitait aveuglément dans les situations les plus gênantes et les plus bizarres puis s'en sortait, indemne et sans rancune. Avec un peu de chance, c'était ce qui se reproduirait mais, au cas où, Dan se sentit obligé de l'avertir.

Jenny, assise toute seule près du mur à miroirs au fond de la cafétéria de Constance Billard au sous-sol, mangeait un sandwich au fromage grillé et aux pickles. Elle était hyperoccupée à aligner parfaitement les pickles sur le pain, tâchant de faire comme si ça lui était égal de déjeuner seule. Un calme étrange qu'elle ne parvenait pas à expliquer planait dans l'air, mais chaque fois qu'elle regardait dans les miroirs, tout ce qu'elle voyait c'étaient les têtes des autres élèves penchées sur leurs plateaux, mangeant tranquillement.

Très bien. Depuis quand les filles déjeunaient-elles en silence ? En fait, la salle bourdonnait, vrombissait du bruit du scoop le plus croustillant de la matinée.

— Il paraît qu'elle n'a même pas été payée pour le faire – elle s'est portée *volontaire*, murmura Vicky Reinerson.

— Mais Serena lui en a parlé, tu te souviens ? Dans le groupe de discussion, siffla Mary Goldberg. Genre « Oh, Jenny, *tout le monde* peut être un supermodèle ! »

— Facile à dire pour elle, acquiesça Cassie Inwirth. Mais je vais sûrement pas plaindre Jenny. C'est trop clair qu'elle cherche juste à attirer l'attention.

— Ouais, mais ce *genre* d'attention, personne n'en voudrait ! riposta Vicky.

Les trois filles regardèrent furtivement la nuque de leur camarade de classe. Comment pouvait-elle déjeuner tranquillement comme si de rien n'était ?

Le téléphone portable de Jenny sonna discrètement dans son sac. « Salut », dit-elle sans même vérifier qui l'appelait. Dan et Elise étaient les deux seuls qui l'appelaient, et Elise et elle n'étaient plus copines. Elle planqua le téléphone sous ses boucles châtains pour que les dames de service ne le voient pas.

— Quoi de neuf ?

— Je t'appelle juste pour vérifier que tu vas bien, marmonna Dan en guise de réponse.

Jenny fixa son reflet dans le miroir. Elle avait mis des barrettes en métal rose dans ses cheveux et trouvait qu'elles lui donnaient un air cool et rétro.

— Hum, je crois que oui.

— Alors personne ne t'a, euh, rien dit ou... bégaya Dan.

— A propos de quoi ? Pourquoi ? Tu as fait un truc bizarre, Dan ? l'accusa-t-elle.

— A propos de ta photo dans ce magazine. Tous les mecs de ma classe l'ont piqué à leur sœur. Ils l'accrochent dans leur casier et tout et tout.

Un petit frisson parcourut la colonne vertébrale de Jenny. Dan ne flipperait pas autant si la photo était aussi belle qu'elle le pensait.

— Tu l'as vue ? Qu'est-ce qui ne va pas ?

Il ne répondit pas.

— Dan ! hurla pratiquement Jenny. Qu'est-ce qui ne va pas ?

— C'est juste... fit-il, s'emmêlant les pinceaux. OK, l'article dit que les filles sans poitrine ou avec de très gros seins ne sont pas du tout populaires. J'imagine que ce papier est censé te réconforter mais bon, tu as l'air d'un... animal de cirque à côté des autres filles. C'est vrai, quoi, en clair, ils t'ont fait passer pour la plus grosse et la plus anormale possible.

Jenny repoussa doucement son plateau-repas et posa sa tête sur la table de bois froid. Pas étonnant que toute la salle semblât si calme. Tout le monde était occupé à jaser sur elle, la monstrueuse vache à lait.

Ouais.

C'était encore pire qu'une pub pour des tampons. Elle était la bête de cirque. Elle ferait peut-être mieux de s'enfuir pour vivre avec sa névrosée de mère en Europe. Changer de nom. Teindre ses cheveux en orange.

— Jenny ? dit doucement Dan. Je suis désolé.

— C'est rien, dit Jenny d'un ton piteux.

Et elle raccrocha. Elle garda la tête sur la table, espérant pouvoir disparaître à jamais.

D'un seul coup, elle sentit un corps chaud à côté du sien ainsi qu'un mélange d'huiles essentielles – la marque de fabrique de Serena.

— Salut marmotte ! Jonathan Joyce – tu sais qui c'est, hein ? – m'a appelée genre tout excité à propos de tes Polaroids. Il sait qu'on est potes et veut absolument nous prendre en photo ensemble, genre en fin de semaine !

Était-ce une méchante blague ? Jenny ferma les yeux bien fort, le plus fort possible, et essaya de faire disparaître Serena par simple transmission de pensée.

— Tu pourras même garder quelques fringues, ajouta Serena.

Jenny leva la tête et se mit debout, toute tremblante.

— Fous-moi la paix, murmura-t-elle.

Puis elle sortit comme une flèche de la cafétéria, direction l'infirmerie, où elle avait bien l'intention d'implorer l'infirmière de la renvoyer chez elle.

*les petits amis à fourrure de **d***

— Tooter, regarde ça !

Tiphany posa le furet sur son épaule et agita sa patte de haut en bas à l'attention du petit singe blanc de Chuck.

Le singe portait un minuscule T-shirt rouge sur lequel était monogrammée la lettre *S*.

— Hé, petit singe, veux-tu être mon ami ?

Vanessa et Tiphany étaient venues chercher Dan à la sortie des cours.

— Peut-être que non, l'avertit Vanessa, sachant combien Dan ne pouvait viscéralement pas encadrer Chuck.

— Salut mon beau, comment tu t'appelles ? dit Chuck en gratouillant Tooter sous le menton. (Il souleva son singe de sorte à ce que les deux bêtes soient nez à nez.) Moi c'est Sweetie. Et n'aie pas peur. Je ne mords pas. Je suis vraiment très doux.

— Moi c'est Tooter, gazouilla Tiphany, dans son imitation toute personnelle d'une voix de furet. Et attention, je joue vraiment de la trompette ! ajouta-t-elle avant de glousser, hilare.

Dan ouvrit à la volée les portes de l'école et s'arrêta en haut des marches. Il mit sa besace noire à son épaule, le soleil vif d'avril le faisant loucher. Toute l'après-midi, il s'était fait du souci pour sa petite sœur. À l'heure qu'il était, Jenny se trouvait probablement chez elle, allongée sur le ventre sur son lit, toute seule. Leur appart n'était qu'à une vingtaine de pâtés de maisons, peut-être devrait-il y faire un tour pour essayer de lui remonter le moral. Mais bon, lorsque Jenny était contrariée, tout ce qu'elle souhaitait c'était être seule, comme lui. C'était de famille.

— Hé, beau gosse, par ici ! lui cria Tiphany de sa voix forte à briser du verre.

En bas, sur le trottoir, se trouvaient Vanessa, Tiphany et Chuck Bass. Le furet de Tiphany et le singe de Chuck, perchés sur les épaules de leurs maîtres, s'épouillaient.

« *Nom de Dieu !* » murmura Dan. Peut-être que Chuck s'installerait avec eux lui aussi et qu'ils formeraient une grande famille heureuse. Ou peut-être annoncerait-il simplement à Vanessa qu'il rentrait chez lui pour quelques jours. Sa sœur avait besoin de lui.

— On peut te raccompagner à la maison ?

Vanessa s'éloigna du groupe quand Dan descendit les marches, l'air revêche. Elle l'embrassa rapidement sur la joue.

— Hé, citrouille, arrête de faire la gueule.

Dan faisait la gueule et s'était renfermé depuis qu'ils s'étaient installés ensemble et que Tiphany avait débarqué. Ça devenait un peu lassant de devoir toujours être celle qui était de bonne humeur dans leur relation.

Citrouille ? En quelques jours à peine, Vanessa avait pris la façon de parler enjouée et excessive de Tiphany, le gonflant encore davantage.

— Je fais pas la gueule, grogna-t-il, en jetant un regard mauvais à Chuck et Tiphany, qui devenaient potes grâce à leurs animaux de compagnie. Je suis juste…

Tiphany pointa ses index sur lui, comme deux pistolets, et fit mine de tirer.

— Tu sais, Danny boy, je trouve ça géant, ce que ta petite sœur à fait. Montrer ses nichons, c'est la prise de position féministe la plus gonflée de la part d'une nana !

Elle tressa le devant de ses cheveux et laissa l'arrière retomber en une espèce de queue de rat noir et violet qui devait sûrement être aussi à ses yeux une espèce de superprise de position féministe.

Vanessa avait essayé de ne pas regarder tout à l'heure lorsque Chuck Bass avait montré à Tiphany la photo de Jenny mais elle n'avait pas pu s'en empêcher. Et ce qui était drôle, c'est qu'elle était d'accord avec Tiphany. Jenny n'avait peut-être rien d'un mannequin, en tout cas elle avait tout de la nana *gonflée.*

— Moi aussi je trouve, acquiesça-t-elle avant de remarquer l'expression sur le visage de Dan.

— Elle n'a rien montré du tout, leur répondit Dan en colère. Nom de Dieu, elle a que quatorze ans !

— Hé, ça me fait penser, dit Vanessa, pressée de changer de sujet. Au cas où tu aurais oublié, c'est mon anniversaire ce week-end. Je vais avoir dix-huit ans !

Dan fronça les sourcils. Vanessa et lui n'avaient jamais fait tout un plat de leurs anniversaires, avant.

— Et je me disais, maintenant qu'on vit ensemble, on pourrait faire une fête ! poursuivit-elle.

Dan constata que ses cheveux arboraient une espèce d'éclat pourpre qu'il n'avait encore jamais vu.

— Une fête ?

Vanessa avait toujours détesté les soirées. Ça devait clairement être une idée de Tiphany.

— Ça va être géant ! cria Tiphany. (Elle prit la patte de Tooter et la dirigea vers le singe de Chuck.) Tu viendras, hein ? demanda-t-elle de sa stupide voix de furet.

— Sûr et certain, jacassa Chuck comme un singe.

Bordel de merde !

— Viens, fit Vanessa en entraînant Dan sur Broadway.

C'était une nouvelle journée ensoleillée et un flot régulier de garçons se déversait vers l'ouest, en direction du parc.

— D'abord je veux tourner quelques interviews. Et ensuite on pourra rentrer à la maison et envoyer les *e-vites.*

— Mais…

— Ne te fais pas de souci pour ta sœur, riposta Vanessa, lisant dans ses pensées. Elle est bien plus équilibrée que tu ne le crois. (Elle l'embrassa, tâchant de faire apparaître un sourire sur ses lèvres boudeuses.) Notre première vraie soirée !

Dan se laissa entraîner, la suivant avec des pieds de plomb. Il détestait les soirées et, de plus, ils n'avaient pas d'autres amis. En tout et pour tout, la liste d'invités se résumerait à Chuck, Tiphany, le singe de Chuck, Tooter et sa paria sociale de petite sœur, Jenny. Quelle soirée.

Vanessa lui donna un coup dans les côtes.

— Allez, souris ! Tu sais que tu veux le faire !

— Si tu ne souris pas, je vais te montrer mes nichons, le menaça Tiphany en gambadant le long du trottoir à côté d'eux, dans ses bottes John Fluevog à carreaux violet et noir.

Elle descendit la fermeture Éclair de la veste militaire camouflage qu'elle avait empruntée dans le placard de Ruby et planqua Tooter dans son dos-nu noir.

— Je peux montrer les miens moi aussi ? fit Chuck, s'y mettant à son tour.

Son singe avait enveloppé sa longue queue blanc neige deux fois autour de son cou. Avec son béret militaire West Point, Tiphany et lui allaient plus ou moins bien ensemble.

Dan serra les dents et les gratifia d'un vague sourire, juste pour qu'ils la ferment.

— Il a souri ! s'écrièrent Vanessa et Tiphany avec jubilation, avant de se taper dans la main en signe de victoire.

Voici ce que Dan pensait tout en continuant à sourire : l'Evergreen College était à l'autre bout du continent dans le Nord-Ouest pacifique, où il pleuvait beaucoup et où les gens étaient déprimés. Il n'avait jamais sérieusement envisagé d'y entrer mais ça commençait à avoir l'allure d'un paradis.

Central Park constituait le décor habituel d'après-midi ensoleillées pour les patineurs en roller, les skateboardeurs, les lanceurs de frisbee et les filles en hauts de bikini, qui se croyaient à la plage à Saint-Tropez.

Vanessa installa sa caméra dans son coin préféré, près de Bethesda Fountain. Tiphany sortit Tooter de son dos-nu et entreprit de le baigner dans l'eau. Dan resta en retrait, allant s'acheter l'une de ces immenses imitations de cônes de crèmes glacées à un vendeur sur la promenade. Puis il s'assit sur un banc pour attendre Vanessa, priant pour que Tiphany lui foute la paix.

— Donc je pense que je devrais être heureux à West Point, confia Chuck à la caméra de Vanessa. Tant que je trouve quelqu'un pas trop loin qui gardera Sweetie pour que je puisse lui rendre visite. Et tant qu'ils ne me forcent pas à me raser le crâne – le prends pas mal, hein ! Et que j'ai un lit plus grand que ces lits de camp de rien du tout où ils font dormir ces pauvres losers.

Attention, le réveil risque d'être brutal.

— Maman m'a promis de m'ouvrir un compte chez Balducci pour qu'ils m'envoient un paquet avec du brie, du caviar, du chocolat et des cigares une fois par semaine, ajouta-t-il. Mon appartement va me manquer mais c'est mieux que rien… (Il se tut peu à peu et enfouit son visage dans la collerette de fourrure blanche du cou de Sweetie.) West Point, dit-il, la voix étouffée. Putain de West Point !!

D'un seul coup, Nate Archibald surgit à côté de lui et Chuck leva les yeux, le gratifiant de son sourire odieux, comme s'il ne venait pas de fondre en larmes.

— J'ai terminé, si tu veux y aller, dit-il, ne souhaitant clairement pas mettre son âme à nu devant un autre mec.

Il se leva et emporta son singe là où Tiphany baignait Tooter.

— Je peux aider ? jacassa-t-il de sa voix de singe.

Nate fourra ses mains dans les poches de son treillis et se balança d'un pied sur l'autre. Puis il s'assit à la place de Chuck.

— Je crois que je suis vraiment dans la merde, avoua-t-il à la caméra. C'est vrai, quoi, ma petite copine enchaîne, genre, les galères et je peux même pas l'appeler.

Ses yeux verts étaient tout tristes lorsqu'il regarda Tiphany rincer Tooter sous le courant d'eau qui tombait en cascade de la fontaine.

— As-tu décidé dans quelle fac tu veux entrer ? le pressa Vanessa.

Ça ne la dérangeait pas que ce mec lui parle de sa vie amoureuse mais son film était censé porter sur l'entrée à la fac.

Nate se rembrunit.

— C'est justement le problème, expliqua-t-il. Yale. Je veux entrer à Yale maintenant. (Il secoua la tête et regarda par terre en arborant un sourire triste.) Pas moyen que j'entre à Brown. Et les équipes de lacrosse des autres facs ne sont pas aussi bonnes. Mais si j'entre à Yale et si Olivia est toujours sur liste d'attente… (Il s'appuya sur les coudes et regarda le ciel en plissant les yeux.) Je sais que c'est elle qui le disait mais j'imagine que moi aussi, j'y croyais – qu'on finirait par se marier. (Il se rassit, ôta sa casquette bordeaux toute pourrie de St Jude's et se frotta les yeux, l'air fatigué.) Maintenant je ne sais pas.

Tiphany approcha Tooter de Vanessa et colla son corps froid et mouillé dans la nuque de la jeune fille.

— Hiiiiiiiii ! hurla Vanessa, manquant de faire tomber sa caméra.

Puis Tiphany et elle partirent dans une crise de rire hystérique.

Nate se leva, toujours perdu dans ses pensées, et s'en alla sans se presser.

Un peu plus loin sur son banc, Dan jeta sa crème glacée dans une poubelle et alluma une cigarette. C'était bizarre mais Nate et lui pensaient presque la même chose. Il avait toujours cru que Vanessa et lui resteraient ensemble pour l'éternité. Maintenant il n'en était plus si sûr.

gossipgirl.net

thèmes ◀ précédent suivant ▶ envoyer une question répondre

Avertissement : tous les noms de lieux, personnes et événements ont été modifiés ou abrégés afin de protéger les innocents. En l'occurrence, moi.

salut à tous !

GLINDA LA BONNE FÉE

D'accord, tout le monde souhaite avoir une bonne fée. Bien, il se trouve qu'une jeune fille aux formes généreuses, originaire de l'Upper West Side, capable – ou pas – de commettre les bourdes les plus gênantes de sa vie une fois par semaine, en a justement une sous la forme d'une terminale, grande, blonde et magnifique. Comme nous le savons tous, **S** est une experte quand il s'agit de transformer l'infamie en magie. C'est peut-être pas pour tout de suite mais **J** pourrait très bien devenir la future Jessica Simpson. Ou, mieux encore, la future **S**...

ÉTRANGE COMPAGNIE

L'une des raisons pour laquelle la majorité d'entre nous a hâte d'entrer à la fac l'an prochain, quelle qu'elle soit, c'est parce que nous allons vivre *tout seuls* – sans parents ni nounous ni gouvernantes ni gardes du corps, sans *personne* pour nous surveiller. Même si certains possèdent leurs propres ailes ou étages, voire leurs propres cuisines ou quoi que ce soit, le fait est que nous voulons nous *barrer*. À moins, bien sûr, que nous ne nous soyons *déjà* barrés de chez nous – comme quelqu'un que nous connaissons – et que ça ne marche pas parce que certains invités s'incrustent...

LA VÉRITÉ SUR LIBERTY OU LOLITA, OU QUEL QUE SOIT LE NOM QU'ELLE PRENNE CES JOURS-CI

Je vais vous dire ce que j'ai appris. Cette fille férue de furets avec les bizarres cheveux tressés violet et noir ? C'était une fille bien. Ce que je veux dire, c'est qu'elle a fréquenté une bonne école privée de filles de l'Upper East Side, a vécu dans une maison de ville et joué au tennis. En terminale elle a décidé de se rebeller, « oublié » de s'inscrire à la fac, abandonné ses études, s'est fait renier par ses parents et s'est mise à errer dans le pays à faire des piercings pour gagner du fric. Chaque fois qu'elle est à court d'argent, elle revient systématiquement en ville taper ses vieux amis et leur piquer leurs fringues. Et elle met tellement de cœur à l'ouvrage qu'il faut un moment pour que les gens pigent.

VOS E-MAILS

Q: Chère GG,
Je suis chef du service obstétrique et gynécologie du Lenox Hill Hospital dans l'unité d'accouchement. Il se trouve que j'étais sur place lorsqu'une femme en travail est arrivée en urgence, accompagnée de son adolescente de fille. Quelques minutes plus tard, j'ai été appelé sur une autre urgence mais j'ai été tellement impressionné par la façon dont la fille s'occupait de la mère que j'ai voulu connaître son nom afin de la recommander à l'enseignement préparatoire aux études de médecine de Yale, où je suis allé. La mère était enregistrée sous le nom de Rose mais je n'ai réussi à trouver la fille nulle part. Peux-tu m'aider ?
— drpepper

R: Cher drpepper,
je crois que tu vas illuminer la journée de quelqu'un – non *sa vie entière* !
— GG

Q: Chère GG,
Tu trouves pas ça malpoli de, genre, intégrer une communauté vraiment select qui signifie véritablement quelque chose pour ses membres puis de ne plus jamais rappeler personne ni rien ? C'est vrai, quoi, pourquoi avoir intégré la communauté pour commencer ?
— myowngrl

R: Chère myowngrl,
N'as-tu jamais rien fait que tu aies regretté par la suite ?
— GG

ON A VU

O traverser **Sheep Meadow**, portant un **Snugli Burberry**, sa petite sœur bien bordée à l'intérieur. On dirait que **O** a découvert son côté tendre et tout doux. **S** et un très célèbre photographe de mode choisir une tenue chez Jeffrey pour une séance photos. Il y avait un certain bustier incrusté de cristal mais **S** n'a tout simplement pas assez de monde au balcon. Soit elle a l'intention de se faire des implants (ils utilisent des faux seins), soit le bustier est pour une autre fille... **N**, jeter un œil aux cadeaux de naissance de bon aloi chez **Tiffany & Co**. Il peut m'offrir un hochet quand il veut. **V** et cette fille aux cheveux violet et noir danser la conga avec **C** et son singe au **Five and Dime** à **Williamsburg**. No comment. Et où était **D** ? No comment.
Plus qu'un jour avant le week-end et j'entends déjà des rumeurs au sujet d'une soirée.

Vous m'adorez, ne dites pas le contraire.

gossip girl

conférence de presse

— C'est Yale dans la couverture de bébé que je lui ai achetée chez Hermès. Et là, c'est elle et Kitty Minky en train de regarder *Diamants sur canapé* avec moi dans le fauteuil à bascule. Vous voyez, elle a même des chaussettes chatons avec de minuscules oreilles et des moustaches !

Le vendredi, pendant une demi-heure sacrée dans la salle de classe des terminales – une minuscule pièce vide au cinquième étage –, les élèves s'asseyaient par terre, buvaient des cappuccinos, échangeaient des potins et leurs opinions personnelles sur leurs derniers achats de fringues. Ce vendredi était le premier jour de cours d'Olivia depuis la naissance du bébé ; de fait, la demi-heure était consacrée à sa mini-conférence de presse.

— Et là elle dort dans son petit couffin Moses.

— *Waouh* ! s'écrièrent les trente filles en chœur.

— Où a-t-elle eu ce fantastique mobile en argent avec des vaches qui sautent sur la lune ? demanda Laura Salmon.

— Chez Tiffany. C'est un cadeau.

De Nate, ajouta silencieusement Serena depuis sa place à l'extérieur du groupe. Nate l'avait même appelée du magasin pour lui demander conseil.

— Le couffin où elle dort est tellement précieux, ajouta Isabel Coates. J'adore le ruban rose brodé dans les poignées.

Merci, songea Serena en elle-même. Elle avait commandé le couffin dans une boutique pour bébés du Sud de la France et l'avait fait livrer spécialement par avion.

— Il a été tissé à la main par les moines alsaciens à partir de branches de saules, laissa échapper étourdiment Serena. Il est censé rester dans la famille et servir d'héritage.

Ce qui signifie que c'était aussi un cadeau pour Olivia.

Olivia leva les yeux de son appareil numérique. Serena et elle ne s'étaient pas adressé la parole depuis leur malheureuse petite fête d'ouverture des lettres d'admission à l'université et il était clair que les généreux cadeaux de naissance qu'avaient envoyés Nate et Serena à leur mère étaient censés être des cadeaux de réconciliation. Mais Olivia n'avait jamais été du genre à pardonner et à oublier rapidement.

La première cloche sonna et le groupe de filles agglutinées se dispersa en râlant, ramassa leurs livres, leurs stylos, leurs gommes, leurs brosses à cheveux, tout ce dont elles auraient besoin pour tenir la journée, tout en traînant dans les parages afin d'écouter la confrontation de Serena et Olivia.

Serena resta à sa place, serrant les genoux et observant son ex-amie ranger ses affaires de classe dans son sac à dos Fendi bleu clair, trop petit pour contenir des livres.

— Elle est magnifique, déclara Serena, sérieuse.

Olivia s'autorisa un demi-sourire suffisant. Oui, Yale *était* magnifique.

— Comment s'est passé le week-end ? demanda-t-elle. Dans quelle fac penses-tu rentrer ?

C'était une question piège. Si Serena répondait Yale, Olivia lancerait du feu par ses globes oculaires et la réduirait en cendres. Si elle lui parlait d'une autre université, elle mentirait, vu qu'elle n'avait pas encore pris sa décision. Mais Yale était la plus proche et il y avait Lars, et les Whiffenpoofs, et ce côté Nouvelle-Angleterre hypercoincé qui lui rappelait son chez-elle. En plus, ce serait trop cool, non, si Nate, Olivia et elle se réconciliaient et se retrouvaient tous là-bas ?

Elle avança rapidement ses fesses sur le tapis rouge pelucheux en direction d'Olivia et lui expliqua.

— En fait, je suis tombée amoureuse. De toutes. Toutes les facs. (Elle rougit en replaçant une mèche derrière son oreille.) Je suis tombée amoureuse de mes guides. C'étaient tous des garçons et ils étaient si…

Olivia leva la main et roula des yeux. Y avait-il quelque chose ou quelqu'un qui changerait un jour ?

— Je ne veux pas savoir.

En fait si, elle voulait savoir mais elle se doutait bien que Serena finirait par lui raconter de toute façon.

— Et toi ? demanda Serena, curieuse. Comment ça s'est passé à Georgetown ?

Olivia roula de nouveau des yeux et toucha timidement ses cheveux.

— Si tu savais.

Serena haussa les épaules.

— Peu importe. Tu seras admise à Yale de toute façon, affirma-t-elle, confiante.

La deuxième sonnerie se fit entendre et les autres filles lambinèrent, observant Serena et Olivia du coin de l'œil en feignant de finir leurs tasses vides de cappuccinos.

— Il paraît que Serena a décroché un énorme contrat de mannequin pour l'an prochain et donc elle va donner sa place à Yale à Olivia. Olivia n'aura qu'à se faire passer pour elle, murmura Kati Farkas à Isabel Coates.

Et Serena, elle se fera passer pour qui ? Pour Kate Moss ?

— Il paraît qu'Olivia et elle vont emmener leurs bébés à Yale et fonder un groupe d'entraide aux gouines-mères-de-famille, siffla Isabel Coates en retour.

— Oh mon Dieu ! J'ai carrément vu Serena chez le gynéco de maman hier, fit spontanément Laura Salmon. J'attendais ma mère et j'ai entendu Serena lui raconter comment tous les mecs avec qui elle avait couché ce week-end lui avaient refilé toutes ces maladies. Beurk !

— Attendez, je croyais qu'elles s'engueulaient, fit observer Kati Farkas. Regardez, elles s'enlacent !

Toutes les filles se retournèrent et regardèrent, bouches bées, Serena et Olivia s'étreindre.

— Nate m'a appelée genre dix fois par jour pour me poser des questions sur toi, murmura Serena en collant sa joue contre celle de son amie.

Olivia se mordit la lèvre inférieure.

— Il a envoyé des trucs vraiment mignons à Yale.

— Il t'adore, ne dis pas le contraire, dit Serena, même si c'était superflu. Et on est tous vachement plus heureux quand on ne s'engueule pas.

— Ouais, reconnut Olivia.

Mais Nate devrait le lui prouver par lui-même.

Comme si elle était aussi difficile à reconquérir.

glinda la bonne fée et son aide lilliputienne

— Je peux m'asseoir ? demanda Elise à Jenny à l'heure du déjeuner vendredi.

— Je ne vois pas pourquoi tu voudrais le faire, grommela Jenny. Depuis le jour même où son horrible photo était parue dans ce magazine, elle rasait les murs, tête baissée, évitant à tout prix les endroits publics. Rien que le fait d'aller à l'école était insoutenable. Mais son père l'y avait obligée et voilà qu'elle était parquée à sa table habituelle près des miroirs, jetant un regard noir à son reflet.

— Je t'ai apporté un sandwich à la crème glacée, dit Elise en s'asseyant en face d'elle et en poussant la glace vers Jenny.

Celle-ci la repoussa. Elle faisait la grève de la faim.

— Je n'ai pas faim. En fait, j'allais partir, ajouta-t-elle en ronchonnant.

Alors comme ça Elise faisait un effort pour qu'elles redeviennent copines ? Honnêtement, elle n'était pas d'humeur.

Elise versa un filet de miel d'un sachet en plastique dans une tasse de thé, entamant le petit cérémonial de thé qu'elle tenait en solo chaque jour au déjeuner depuis que Jenny et elle étaient brouillées.

— Assieds-toi avec moi un moment, l'implora-t-elle, d'une voix frôlant le désespoir.

Jenny arqua les sourcils.

— Pourquoi je devrais le faire ?

Elise remua son thé et but une petite gorgée.

— Je ne sais pas. (Elle jeta un œil dans la salle comme si elle cherchait quelqu'un.) Parce que je te l'ai demandé ?

Jenny poussa un profond soupir et se leva.

— Écoute, je vais au labo d'informatique, OK ? (Au moins là-bas elle pourrait se planquer de tous les regards méchants en faisant mine d'envoyer des e-mails à tous les amis qu'elle n'avait pas.) A plus.

Elise lui prit le bras.

— Attends. Assieds-toi. Juste une minute.

Jenny ôta son bras.

— C'est quoi ton problème ?

Le visage d'Elise parsemé de taches de rousseur devint rouge betterave.

— C'est juste que…

Serena flanqua bruyamment son joli petit cul à leur table et Elise laissa échapper un énorme soupir de soulagement.

— J'ai cru que j'allais devoir m'asseoir sur elle pour qu'elle reste ici, marmonna-t-elle.

— Qu'est-ce qui se passe ? demanda Jenny.

Ainsi Elise et Serena œuvraient *ensemble* pour saboter sa vie, encore pire que ce qui avait déjà été saboté ? Super.

Serena sortit un tas de magazines de son sac.

— Avant que tu dises quoi que ce soit, je peux te montrer les trucs qu'a faits Jonathan Joyce ? (Elle feuilleta rapidement les magazines et lui montra des photos du doigt.) Ça. Et ça. Tu les trouves pas cool ?

Jenny regarda les photos d'un œil froid. Des modèles batifolant au lit avec très peu ou pas du tout de maquillage, en vieux T-shirts et pantalons d'hommes extra larges. Une fille, les jambes repliées sous elle, buvant un verre de lait. Un homme embrassant son chien. Une hôtesse de l'air endormie dans un salon d'aéroport, emmitouflée dans le manteau d'un pilote. Ces photos n'avaient rien de provocant. Elles étaient simplement très belles.

— Il veut nous photographier samedi sur le manège de Central Park, poursuivit Serena. Les fringues sont géniales, Jonathan a déjà tout un portant de trucs que l'on a choisis ensemble. (Elle gratifia Jenny d'un sourire rayonnant.) Et le mieux, c'est que, quoi que l'on porte pour le shooting, on peut tout garder.

Jenny ne sut que répondre. Bien sûr, ça avait l'air excitant, et l'histoire de pouvoir garder les fringues était assurément un plus, mais comment savoir si ce n'était pas encore un autre mauvais plan hyperdégradant du genre « matez la vache à lait ! » ?

— J'ai une soirée d'anniversaire à Williamsburg samedi, protesta-t-elle sans conviction.

— Mais ça ne va pas durer toute la nuit, répliqua Elise. Je pourrais t'accompagner à la séance photos et crier ou siffler si jamais je pense que l'on porte atteinte à ton intégrité.

Faites confiance à Elise pour tout traduire en termes cliniques qu'elle avait lus dans l'un des livres d'épanouissement personnel de sa mère. Jenny croisa les bras sur la partie de son intégrité à laquelle on portait le plus souvent atteinte.

— Je lui ai fait promettre de ne pas nous photographier dans rien de trop décolleté, ajouta Serena. En fait, ce qui l'intéresse vraiment, c'est nos visages.

Jenny examina son reflet dans les miroirs sur le mur devant elle. Elle avait un beau visage et ce photographe célèbre voulait l'immortaliser. Pourquoi se prendre la tête ?

Elle respira un bon coup.

— OK, je vais le faire.

— Youpi ! s'écria Serena en la serrant fort dans ses bras. Ce sera génial, tu verras !

Les autres filles qui déjeunaient les regardèrent, curieuses.

— Peut-être que Jenny a accepté de donner le tissu graisseux de ses nichons pour les implants de Serena, lança Mary Goldberg à tout hasard.

Ou peut-être Serena avait-elle trouvé le moyen idéal d'éviter sa bande de soupirants de l'Ivy League qui débarquaient samedi en ville pour lui rendre visite !

gossipgirl.net

thèmes ◀ précédent suivant ▶ envoyer une question répondre

Avertissement : tous les noms de lieux, personnes et événements ont été modifiés ou abrégés afin de protéger les innocents. En l'occurrence, moi.

salut à tous !

ÇA VOUS DIT, UNE SOIRÉE ?

Bien, elle a lieu à Brooklyn et les organisateurs ne sont en gros pas le genre de personnes que l'on fréquente socialement, mais il ne se passe pas grand-chose d'autre ce week-end, et ce ne sont pas les organisateurs qui font la soirée ; ce sont ceux qui y vont. Donc, moi je dis allons-y, passons le mot à tout le monde, et faisons tout pour qu'elle déchire. Pigé ?

VOS E-MAILS

Q: Chère GG,
Je vais à Georgetown et j'ai entendu dire que tellement de monde s'en sert comme roue de secours cette année que la fac organise un tas de trucs pour pousser les étudiants à s'y inscrire. Genre, ils envoient un groupe de filles à New York ce week-end pour recruter tous ceux qui ont été reçus.
— gshock

R: Chère gshock,
Le groupe de filles en question aurait-il par hasard les cheveux teints en blond et des cicatrices de rasage sur les jambes ?
— GG

Q: Chère GG,
Je suis le programme ROTC[1] à Yale, ce qui signifie que ma titularisation est parrainée par l'armée et qu'en même temps je suis une formation militaire de base. L'officier responsable de ma formation a reçu une lettre de cette fille prétendant être sur liste d'attente à Yale mais elle suivrait ce programme à condition qu'ils lui promettent une place à l'université. L'officier a donc décidé de m'envoyer à NYC pour la rencontrer. Elle a écrit sur une espèce de papier à lettres bizarre avec plein de chaussures dessus et a joint une photo de sa petite sœur qui s'appelle Yale. Ça fait un peu taré, non ?
— armygurl

R: Chère armygurl,
Tu ne sais pas dans quoi tu t'embarques. Mon conseil : porte ton casque.
— GG

ON A VU

N chez **FAO Schwarz**, tâcher de se décider entre un cheval en peluche grandeur nature et un ensemble vidéo DVD MP3 qui fait aussi berceau. C'est mignon de sa part d'être aussi généreux et tout et tout mais ça frise le ridicule, à force. **S** et

1. *Reserve Officers Training Corps* : aide financière proposée aux étudiants qui n'y ont normalement pas droit, à condition qu'en plus de la formation universitaire choisie ils s'engagent à servir l'armée sans que cela n'empiète sur leurs études. *(N.d.T.)*

J chez Bendel's, prises dans une méga frénésie shopping, tandis que **E**, l'amie de **J**, se coltinait consciencieusement tous les sacs. **O**, présenter sa petite sœur à tout le rayon chaussures de **Barneys** où tout le monde connaît son nom. Dix beaux gosses dans le train de New Haven, chanter une chanson de ***West Side Story***. Cette copine de **V** férue de furet acheter un sac marin plein de picole chez un caviste de **Williamsburg**. Y a quelqu'un qui se prépare à faire une teuf d'enfer ou quoi ? **D** assis tout seul dans un petit resto de Williamsburg tard le soir, en train d'écrire. Un poème d'anniversaire à **V** peut-être ?
N'oubliez pas, et n'oubliez pas de dire à tous ceux que vous connaissez de ne pas oublier – demain soir, on se lâche à Brooklyn.
On se voit là-bas !

Vous m'adorez, ne dites pas le contraire.

gossip girl

et dire qu'il pensait que personne ne viendrait

— Joyeux anniversaire, fit Dan en offrant à Vanessa le poème qu'il lui avait écrit en s'adossant à la porte. Je voulais te le donner avant qu'il y ait du monde.

— Ne rajoute pas « *Si tant est qu'il y ait du monde* », l'avertit Vanessa. Y en aura.

Elle se pencha au-dessus du lavabo et examina son reflet en plissant les yeux, s'appliquant le rouge à lèvres noir violacé de Tiphany. Puis elle s'assit sur la cuvette des W.-C. et se mit à lire le poème à voix haute.

Une liste des choses que tu aimes :
Noir
Bottes au bout en acier
Pigeons morts
Pluie sale
Ironie
Moi

Une liste des choses que j'aime :
Cigarettes
Café
Toi et tes bras blanc-pomme
Mais le problème des listes
C'est qu'on a tendance à les perdre

— Merci, dit Vanessa.

Elle plia le morceau de papier et le fourra dans le tiroir du meuble sous le lavabo où Ruby rangeait tous ses produits capillaires gluants et son maquillage.

C'était une réponse plutôt bizarre à un poème supposé être doux amer.

— Nom de Dieu, vieux, tu devrais commencer à prendre des pilules du bonheur, marmonna Tiphany depuis le couloir. Comment peux-tu écrire un poème d'anniversaire aussi *mélancolique* à ta petite copine ?

Elle fit déguerpir Dan d'un coup de coude, s'empara du bâtonnet de rouge à lèvres sur le lavabo et s'en appliqua.

— Les roses sont rouges, les violettes sont bleues, poursuivit-elle.

Elle fit se redresser Vanessa et l'embrassa sur la joue, laissant une traînée sale noir violacé. Puis elle l'embrassa sur l'autre joue.

— Ma belle, tu es trop canon avec ces traces de lèvres un peu partout !

Les deux filles gloussèrent et se regardèrent dans le miroir. Tiphany portait un caraco de soie noir emprunté dans le placard de Ruby.

— Joli haut, constata Vanessa.

— Joli pantalon, répondit Tiphany.

Vanessa avait emprunté le bas de pyjama à rayures de zèbre de sa sœur, qui allait superbien avec une minijupe de denim noir, un T-shirt noir et ses écrase-merde. Très « quand Blondie rencontre les Sex Pistols ».

Dan s'en alla d'un pas traînant, regrettant que Tiphany ait comme d'habitude fait preuve de grossièreté en espionnant leur conversation. Qu'est-ce que ça pouvait faire si son poème n'était pas gai, enjoué et drôle ? Cela restait malgré tout un poème d'amour. Et il véhiculait un message, si tant est que Vanessa eût pris le temps de l'écouter.

— Je me disais que ce soir pourrait être la soirée idéale pour un petit piercing, lança Tiphany.

Vanessa lui jeta un coup d'œil furtif dans le miroir. Les oreilles de son amie n'étaient même pas percées.

— Vraiment ? Genre où ?

Tiphany lui adressa un grand sourire et agita les sourcils d'un air menaçant.

— Pas moi, idiote ! Toi !

L'interphone sonna à plusieurs reprises et Tiphany entraîna Vanessa par le bras hors de la salle de bains.

— J'ai invité du monde. Ça te dérange pas, hein ?

— Bien sûr que non, dit Vanessa, ravie de s'éloigner du sujet du piercing.

Dan ouvrit et, quelques instants plus tard, une troupe de géants baraqués en bleus de travail sales et maculés de peinture entrèrent d'un pas lourd dans l'appartement, chaussés de leurs bottes de boulot.

— Salut les gars ! dit Tiphany.

Elle tira son sac marin de l'armée dans le séjour et l'ouvrit. Il était rempli de bouteilles de cinquante centilitres de vodka Grey Goose.

— C'est mes potes qui bossent dans le bâtiment. Ils ne parlent pas bien anglais. (Elle distribua une bouteille à chacun puis s'en ouvrit une pour elle.) C'est l'heure de se faire du bien !

Dan alla dans la cuisine se préparer une tasse de mauvais café. Les mecs du bâtiment sentaient le diluant pour peinture et étaient probablement tous des psychopathes, exactement comme Tiphany. Mais s'ils ne parlaient pas anglais, il ne serait pas obligé de leur adresser la parole, ce qui était déjà une bonne chose.

Ça ne dérangeait pas Vanessa d'avoir un tas de mecs bizarres chez elle, tant qu'ils savaient se tenir. Au moins comme ça, ça ressemblait plus à une fête. Elle alluma la chaîne hi-fi et mit un 45 tours double durée du groupe de Ruby. Vu que c'était son anniversaire, sa sœur lui manquait un peu.

« *Pique-moi le doigt/baise-moi le cul !* » tonna la voix de Ruby dans les haut-parleurs.

« *Serena ! Je viens de rencontrer une fille qui s'appelle Serena !* » résonna un ensemble de voix plus mélodieuses à l'extérieur de l'appartement.

La porte d'entrée était encore ouverte. Dans le hall se tenait un jeune blondinet suivi de neuf autres mecs, tous vêtus de costumes bleu marine et de cravates de Yale, des roses rouges à la boutonnière.

— Serena est arrivée ? demanda le blond.

En fait il *chantait* sa question au lieu de la parler.

— *Paaaaas encoooore*, répondit Tiphany en chantonnant. *Mais eeeeeeeeeeentrez dooooonc !* (Elle donna une bouteille de vodka à chaque garçon.) Vous dansez aussi les mecs ou vous chantez juste ?

Dan resta dans la cuisine à fumer clope sur clope et à carburer au café. La soirée se transformait en scène tirée de *West Side Story* – les ouvriers du bâtiment contre les chanteurs. Peut-être se solderait-elle même par une baston.

Vanessa se percha sur le rebord de la fenêtre et filma les gens. La fête était déjà tellement bizarre qu'elle se demanda ce qui se passerait ensuite.

Puis la porte d'entrée s'entrouvrit tout doucement et un singe blanc arborant un petit T-shirt rouge monogrammé de la lettre S entra en gambadant.

— Sweetie ! s'écria Tiphany en prenant le singe dans ses bras. Tooter dort dans le placard. Mais s'il savait que tu étais là, je parie qu'il viendrait jouer avec toi.

— Quelqu'un veut un cigare ? proposa Chuck Bass en en brandissant une poignée. Le valet de pied de mon père vient de lui en rapporter une pleine valise de Cuba.

Son valet de pied ?

Les Whiffenpoofs et les ouvriers de Tiphany se servirent en cigares. Tiphany amena le singe de Chuck dans le placard où Tooter dormait par terre en boule sur l'un des pulls gris préférés de Dan.

— Pas de singeries là-dedans, les enfants, OK ? dit-elle en refermant à moitié la porte pour leur laisser un peu d'intimité. (Puis, s'adressant à Vanessa :) Alors on le fait ce piercing ?

Vanessa se fendit d'un sourire nerveux.

— J'en ai toujours voulu un sur la lèvre.

— Ça roule ! (Tiphany attrapa l'un de ses ouvriers baraqués par la manche.) Glace, aiguilles, vodka, allumettes. Dans la salle de bains. Fissa ! lui ordonna-t-elle en le poussant.

D'un seul coup, quatre blondes arborant des sweat-shirts gris de Georgetown surgirent à la porte, main dans la main.

— Olivia Waldorf est-elle arrivée ? demanda l'une d'elles.

— Pas encore, répondit Tiphany comme si elle avait connu Olivia toute sa vie. (Elle distribua une bouteille de vodka à chaque fille.) Mais je fais des piercings dans la salle de bains, si ça vous tente.

Les quatre filles se jetèrent des regards tout excités, les yeux brillants. Elles avaient toujours voulu des tatouages assortis. Des piercings au nombril de chacune, ce serait encore plus cool.

— Allons-y ! s'écrièrent-elles en chœur.

Vanessa reposa sa caméra et les suivit dans le couloir jusque dans la salle de bains. Après tout, c'était son anniversaire. Pourquoi ne pas se faire du bien ?

Parce que ça lui ferait hypermal ?

o & n

Yale avait une nounou à plein temps qui partageait la chambre de Myrtle mais dès qu'Olivia entendait le bébé s'agiter, elle se précipitait dans la nursery avant elle et caressait son crâne chauve jusqu'à ce qu'il se calme. Elle le faisait si régulièrement que la nounou ne prenait même plus la peine de se lever lorsqu'elle entendait Yale brailler dans le babyphone car peu après elle reconnaissait Olivia qui roucoulait : « C'est qui ma petite princesse ? » d'une voix que personne ne l'aurait soupçonnée avoir.

Ce soir, en revanche, la nounou devrait faire son boulot parce qu'Olivia sortait.

— Je reviens dans deux heures, promit-elle à sa toute petite sœur.

Le taxi la déposa dans un coin de Broadway à Williamsburg qui ne pouvait être qualifié que de misérable. Des ordures jonchaient le trottoir de toutes parts, et chaque porte était taguée de graffitis. Elle présuma que cette abrutie de Vanessa au crâne rasé et sa sœur trouvaient ça cool, urbain et rebelle de vivre dans un tel quartier mais Olivia pouvait clairement se passer de cool, urbain et rebelle, merci bien. La 5e Avenue lui convenait parfaitement.

Elle gravit le bloc de ciment jonché de merdes de pigeon qui faisait office de marche et sonna à l'interphone de l'appartement de Vanessa. Pas de réponse. Elle sonna de nouveau. Toujours pas de réponse. Bon, qu'était-elle censée faire à présent ?

— Je crois qu'ils ont laissé ouvert, fit une voix familière.

Olivia virevolta sur elle-même et trouva Nate en bas, sur le trottoir. Voilà qu'ils se retrouvaient, ensemble, à Brooklyn. C'était des plus inattendus.

Comme si ce n'était pas pour lui qu'elle était venue à la soirée, d'abord.

— Je suis juste passée voir qui était là. Je ne peux pas rester longtemps, s'empressa-t-elle de lui dire.

Nate avait l'air crevé et négligé mais c'était mignon. Comme s'il venait de piquer un petit somme tout habillé. En fait, il représentait physiquement ce qu'elle ressentait intérieurement.

— Moi aussi, dit-il, la regardant timidement avec ses yeux verts brillants. Tu es belle. J'aime – j'aime tes cheveux.

Olivia toucha ses cheveux. Il était la seule personne de tout l'univers à avoir remarqué qu'ils étaient légèrement plus foncés qu'avant.

— Merci.

— Alors comment ça se passe chez toi avec le bébé et tout et tout ? s'enquit-il.

Il fourra les mains dans ses poches comme s'il ne savait trop qu'en faire.

Quelqu'un balança par une fenêtre à l'étage une bouteille de vodka qui se fracassa sur le trottoir à quelque six mètres d'eux. Olivia redescendit du bloc de ciment. Elle ne monterait pas. Pas maintenant.

— Yale est… (Elle se tut, tentant de trouver les bons mots pour décrire sa petite sœur.) *Parfaite*, dit-elle enfin.

Un éclat de bonheur brilla dans ses yeux, éclat qui ne s'y trouvait pas jusqu'alors.

— J'aimerais bien la voir un jour, ajouta Nate.

Olivia lui prit le bras. Qu'allaient-ils foutre à une fête à Brooklyn où aucun des deux ne voulait aller ?

— Allons-la voir *maintenant*.

Juste alors, un taxi s'arrêta et Serena, Jenny, Elise et deux types vêtus de costumes Dolce & Gabbana jaune banane en sortirent. Puis un autre, d'où descendirent quatre top models en Carmen Miranda, une coupe à fruits sur la tête. Enfin un autre taxi de mannequins, puis les Raves – oui, le groupe au complet, moins le chanteur qui venait de démissionner – dans une autre voiture.

— Notre limousine Hummer est tombée en panne. On a dû prendre un taxi, expliqua Jenny à Olivia et Nate, dans un gloussement tout gai.

Olivia resserra son étreinte sur le bras du jeune homme et l'entraîna dans le premier taxi vide.

— Viens.

Serena leur fit un clin d'œil quand ils grimpèrent à l'arrière.

— Soyez sages, vous deux !

Olivia sourit et laissa tomber sa tête sur la banquette en faux cuir. La jambe de Nate touchait la sienne et tout son corps brûlait de chaleur. Elle avait l'impression d'être Sandy à la fin du film *Grease*, lorsque Danny et elle s'en vont dans le ciel dans cette voiture au moteur gonflé, laissant tous les autres à la fête de l'école. Olivia avait toujours su ce qu'allaient faire Sandy et Danny, Sandy portant ce pantalon sexy en vinyle noir et tout et tout. Il ne pouvait pas s'empêcher de la toucher.

« *You're the one that I want – ooh, ooh, ooh, honey !* »

Nate glissa sa main entre les genoux d'Olivia et l'y laissa.

Oui, bien sûr qu'elle serait sage.

j voyage avec une suite

Dan reconnut à peine sa sœur. Serena et elle déboulèrent dans la soirée telles des stars du cinéma, en caleçons moulants assortis à rayures turquoise et noires, bottines blanches pointues et petits hauts de cuir turquoise. Elles s'étaient fait un brushing, arboraient de faux cils et du rouge à lèvres rose vif.

Très « quand des motardes garces des années 1980 rencontrent *The Mod Squad*[1] ».

Mieux encore, elles étaient accompagnées de toute une horde de top models, de gens de la mode ayant participé à leur séance photos et des membres d'un nouveau groupe très sexy, les Raves. Elise était là elle aussi, vêtue d'une combinaison pantalon orange vif que Jonathan Joyce lui avait offerte, tellement elle avait été mignonne pendant le shooting.

Jenny rejoignit son frère d'un pas léger et l'embrassa sur la joue. « Joyeux anniversaire ! » cria-t-elle d'une voix perçante, bien qu'elle sût parfaitement que ce n'était pas le sien. Elle s'était trop bien éclatée aujourd'hui et débordait d'adrénaline.

— Où est Vanessa ? s'enquit-elle.

Dan fourra sa dix-neuvième clope de la soirée entre ses lèvres et l'alluma rapidement.

— Dans la salle de bains. Elle se fait percer, répondit-il d'un ton amer.

1. Film américain de Scott Silver où trois jeunes délinquants vont faire profiter la police de leur expérience des quartiers chauds de Los Angeles et faire respecter la loi là où la police ne s'aventure jamais. *(N.d.T.)*

— Waouh ! (Jenny l'embrassa de nouveau sur la joue.) Trop cool comme fête !

Le groupe installa son matos dans le séjour. Elise vint entraîner Jenny.

— Si tu veux bien nous excuser, Daniel. Y a un truc que j'aimerais bien montrer à Jennifer. (Elle prit Jenny par le coude.) Faut absolument que tu voies ça. C'est dans le placard.

Serait-ce, par hasard, deux petits animaux en train de faire crac-crac ?

Dan ignorait pourquoi il s'était autant angoissé. Jenny allait bien. Peut-être était-ce là la différence entre avoir quatorze ans et dix-huit. Lorsque vous aviez quatorze ans, quelque chose qui semblait être la fin du monde pour vous un jour pouvait être totalement oublié le lendemain. Quand vous en aviez dix-huit, votre vie était bien plus proche de sa fin.

Oh non ! Il n'en a même pas encore dix-huit !

Le groupe se mit à jouer et les gens commencèrent aussitôt à balancer leurs corps. Depuis une heure, un flux constant d'invités n'avait cessé de déferler et l'appartement était bondé de gosses de toutes les écoles privées de Manhattan. Maintenant qu'ils avaient attaqué le second semestre de terminale, ils se fichaient bien de frayer ou non avec Vanessa. Donnez-leur une raison de se déchaîner et tout le monde débarquera.

Dan n'avait envie ni de danser ni de se déchaîner. Il décida donc de se bourrer la gueule. Pénétrant dans le séjour d'un pas traînant, il attrapa une bouteille de vodka dans le sac à moitié vide de Tiphany puis s'accroupit contre le mur pour boire et regarder le groupe jouer. Chuck Bass dansait avec l'une des étudiantes de Georgetown. Le nombril fraîchement percé de la fille était recouvert d'un pansement et le sifflet en métal pendillant sur une chaîne autour de son cou n'arrêtait pas de remonter brusquement pour venir frapper son nez hyperretroussé.

Vu son partenaire de danse, le sifflet pourrait être d'une grande utilité.

Une fille en treillis, avec un casque et une plaque d'identification militaire, s'approcha de Dan et le salua.

— Avez-vous vu Olivia Waldorf ? lui demanda-t-elle.

Dan secoua la tête et but une longue gorgée de vodka à même la bouteille. Il ne savait pas au juste comment elle se manifesterait mais sa propre folie n'allait pas tarder à pointer le bout de son nez.

s ne parvient pas à tenir ses garçons

Serena dansait avec les deux stylistes gay du shooting, leurs costumes jaune banane détonnant avec son caleçon turquoise et noir, dans un style années 1980 hypercriard dont elle ne se lassait pas.

« Serena ? »

Un grand garçon aux lunettes à monture d'argent apparut indistinctement dans son champ de vision et lui prit la main. Serena s'arrêta de danser, le cœur battant. C'était Drew, de Harvard. Ou de Brown ?

— Salut, dit-elle lentement, en battant de ses faux cils. (Elle lui montra son caleçon rayé de folie et ses bottines pointues.) Tu vois, c'est comme ça que je m'habille en temps normal.

Elle se démenait pour essayer de situer Drew. Déjà les garçons s'étaient tous mélangés. Était-ce le joueur de xylophone ou le peintre ?

Drew lui fit un sourire crispé. Il avait l'air mal à l'aise dans son ensemble J. Crew très bien repassé et ses chaussures de daim marron. Comme s'il attendait impatiemment qu'elle lui dise : « Cassons-nous de ce boui-boui et allons boire un café en tête-à-tête dans un endroit calme et tranquille. »

Serena hésita. Elle voulait être cette fille, sincèrement. La fille qui buvait un café avec son petit copain. Un couple. Mais pas au point de louper la fête.

Brusquement quelqu'un la prit par la taille et la fit se baisser dans un salut exagéré. Le souffle de Serena se coinça dans sa gorge lorsqu'elle posa les yeux sur le visage de sportif aux mâchoires carrées de l'imbécile de coloc de Drew.

— Waouh ! s'exclama-t-elle, les yeux écarquillés.

— Tu te souviens de Wade, dit Drew, encore plus mal à l'aise. Il a insisté pour venir.

Wade l'attira contre lui et l'embrassa sur les lèvres. *Smack* !

— Alors, heureuse ? lui demanda-t-il.

Serena ne voulait pas passer pour une fille facile mais elle devait reconnaître qu'elle *était* heureuse. Plus on est de fous, plus on rit, telle était sa devise. Une petite blonde vénitienne au sac à main noir Kate Spade bien classe lui tapa sur l'épaule.

— Connaissez-vous Nate Archibald ? lui demanda-t-elle.

Serena hocha la tête.

— Il est déjà parti.

Drew se tenait toujours à côté d'elle, les mains dans les poches, comme s'il avait besoin de faire quelque chose.

— Voici mon ami Drew, dit Serena à la petite blonde. Il va à…

— Harvard, l'interrompit Drew en lui tendant la main, dans son genre charmant et ringard bien à lui.

À l'autre bout de la pièce, les Whiffenpoofs se mirent à chanter derrière les Raves. Ils étaient fantastiques. Serena se leva sur la pointe des pieds pour leur faire signe à tous et les dix garçons lui envoyèrent un baiser. Mais ne manquait-il pas quelqu'un ? L'artiste de Brown. Ne l'aimait-il pas autant que les autres ?

Oh que si !

Des fêtards étaient agglutinés aux fenêtres, regardant quelque chose en bas dans la rue.

— Tu peux me prendre sur tes épaules ? demanda-t-elle gentiment à Wade.

Celui-ci la porta jusqu'aux fenêtres et elle regarda par-dessus les têtes des autres spectateurs pour voir ce qui se passait. En bas dans la rue, quelqu'un peignait à la bombe une peinture murale dans des tons vert et or. C'était Christian, sa tête brune penchée au-dessus de son œuvre, sérieux. À mesure que la peinture murale prenait forme, il devint évident que c'était un portrait de Serena, des papillons vert fluo dans les cheveux et des ailes or poussant sur ses épaules, comme une espèce d'ange merveilleux.

Serena gloussa, gênée par l'adoration de mauvais goût de Christian, tout en y prenant en même temps un grand plaisir. Peut-être n'était-ce pas le grand amour qu'elle recherchait après tout. Peut-être était-ce juste… *l'amour*. Et il était partout autour d'elle.

*l'anneau de dentition d'**o** excite **n***

— Marche de ce côté de la chambre, murmura Olivia. Par là-bas, les lattes craquent.

Nate la suivit dans la chambre du bébé, uniquement éclairée par une veilleuse lune en papier, jusqu'au couffin recouvert de dentelle blanche où dormait Yale. Dans un coin près de la fenêtre, le poney gris pommelé en peluche grandeur nature qu'il avait fait livrer par FAO Schwarz les observait telle une sentinelle.

Le bébé était allongé sur le dos, emmailloté dans une couverture rose, le visage plissé, tout rouge et tout neuf.

— Regarde comme ses yeux bougent sous ses paupières, chuchota Olivia. Elle rêve.

Nate avait du mal à imaginer à quoi pouvait rêver quelqu'un qui venait d'arriver en ce monde mais il supposa que ce devait être un peu comme l'un des rêves qu'il faisait quand il était raide défoncé. Rien ne se passait, il *sentait* juste des trucs. Et il se réveillait toujours affamé.

Olivia sortit un petit anneau en argent du couffin. Il ressemblait à une minuscule barre d'haltères.

— C'était le mien quand j'étais bébé. (Elle le retourna.) Tu vois toutes ces petites marques de dents ?

Elle lui tendit l'anneau. A première vue il paraissait lisse mais, en y regardant de plus près, il distingua des centaines de traces de dents. Ce n'était pas une surprise si dès le début Olivia faisait ses dents avec voracité, obsession et agressivité. Mais aujourd'hui elle dégageait un certain calme ; comme si en apaisant le bébé, elle avait appris à s'apaiser elle-même.

Nate lui rendit l'anneau qui s'entrechoqua dans un grand bruit. Instantanément Yale se mit à s'agiter et à geindre, ses bras et ses jambes gesticulant dans tous les sens, le visage plissé comme un abricot séché.

Olivia se pencha au-dessus du couffin et attrapa sa sœur. « Chut, murmura-t-elle, ce n'est rien. Rendors-toi. » Elle la berça jusqu'à ce qu'elle cesse de s'agiter. Puis elle la reposa et borda la couverture autour d'elle. « Bien. Rendors-toi », répéta-t-elle avant de lever les yeux sur Nate.

— Elle est magnifique, lui confia-t-il d'une voix chevrotante.

En silence il attrapa la main d'Olivia et l'entraîna dans le couloir. Elle ferma la porte de la nursery et il l'étreignit bien fort, collant ses lèvres aux siennes.

— Mes parents sont sortis, lui murmura-t-il à l'oreille.

L'immense appartement était si silencieux qu'Olivia pouvait pratiquement entendre battre son cœur. Tyler et Aaron regardaient des films dans la bibliothèque, et sa mère et Cyrus étaient sortis. Mais elle ne pouvait pas vraiment baiser avec Nate alors que Yale dormait innocemment dans la pièce à côté. Elle ferma les yeux, l'embrassa de nouveau et murmura :

— OK, je suis prête.

Enfin.

j aspire à un avenir scandaleux

Jenny n'avait jamais été une grande danseuse, mais comment ne pas danser avec ces bottines blanches pointues de folie ? Et ce qui était hallucinant, c'est que son haut de cuir turquoise maintenait tout en place. Pas de coups de nénés. Pas de tripotage accidentel. Pas de trucs qui pendillent et qui ballottent. Même sans le haut, toutefois, elle se serait sentie bien. Mieux que bien.

Les Raves arrêtèrent de jouer et annoncèrent qu'ils marquaient une courte pause. Les Whiffenpoofs, quant à eux, prirent juste le relais.

« *Un, deux, un, deux, trois...* » commencèrent-ils à chanter dans leur harmonie *a cappella* traditionnelle. « *Jenny, oh Jennifer,* poursuivirent-ils, lui donnant la sérénade. *Jennifer, la petite sœur de Serena. Elles ne se ressemblent pas. L'une est grande, l'autre est petite mais ce sont les filles les plus démentes de tous les ports.* »

Serena s'approcha et mit son bras autour des épaules de Jenny, se balançant d'avant en arrière, au rythme de la chanson. Les autres fêtards s'éloignèrent, sans prêter grande attention à ce qui se passait maintenant que la vraie musique avait été coupée.

« *Jennifer, elle a d'énormes amortisseurs !* » chanta Chuck Bass bien fort en passant devant les deux filles d'un pas chancelant, trémoussant son cul d'ivrogne, son singe sur l'épaule et son béret militaire sur la tête. Quelques petits rires sots fusèrent dans la pièce.

Eh oui !

— Tu sais qu'ils l'ont fait une fois ? murmura une fille de Seaton Arms à son amie. Se sont fait choper à une fête en octobre, dans les *toilettes*. Elle était genre, complètement à poil et Chuck lui en glissait une paire sur *la cuvette des W.-C.* !

— Je croyais qu'il était gay, rétorqua une fille arborant un T-shirt flambant neuf de Vassar.

« *Tout le monde veut téter les biiiberons géééants de Jennifer !* » poursuivit odieusement Chuck Bass.

— *Chuck Bass a un cul poilu !* riposta Serena haut et fort. Ignore-le, conseilla-t-elle à Jenny.

Mais au lieu de s'empourprer d'indignation et de honte absolue, Jenny ne put s'empêcher de pouffer. Voilà deux semaines, le petit numéro de Chuck l'aurait dévastée. Aujourd'hui tout le monde riait *de* lui, pas *avec* lui. Et maintenant qu'elle avait traversé un scandale – ou deux ou trois – et allait de l'avant, elle était plus résiliente. Elle avait un passé, une histoire. Elle était la fille sur qui personne ne pourrait s'empêcher de jaser. Gros amortisseurs et tout et tout, elle, Jennifer, était promise au succès.

Et si la vie prenait un tournant merdique et que les choses se passaient irrémédiablement mal, on pourrait toujours l'envoyer en pension comme son père l'en avait menacée. Là-bas, elle se réinventerait. Peut-être reviendrait-elle même du pensionnat et se réinventerait-elle *de nouveau*, exactement comme l'avait fait Serena.

Elle pourrait même avoir autant de petits copains que Serena. Un jour.

d explore un nouveau talent

— Je peux te taxer une clope, pote ? demanda Damian Polk à Dan.

C'était le guitariste des Raves et l'un de ses artistes préférés.

Dan était trop bourré pour s'extasier devant sa star favorite. Il lui tendit son paquet de Camel tout fripé à moitié vide qu'il avait ouvert une demi-heure plus tôt et Damian alluma sa cigarette avec le briquet Bic en plastique jaune du jeune homme. Le musicien portait une espèce de manteau militaire en toile marron sur lequel étaient peints en noir des mots en finlandais ou dans une autre langue bizarre. C'était le genre de vêtement que seule une célébrité pouvait se permettre de porter.

— Tu ne saurais pas qui vit ici par hasard ? lui demanda-t-il.

— *Moi*, répondit Dan d'un ton aviné. En gros. Avec ma nana. C'est l'appart de sa grande sœur mais elle est pas là.

Il décida de ne pas parler de Tiphany. Il préférait croire qu'elle n'existait pas. Et maintenant qu'il y repensait, il n'avait pas vu Vanessa et elle de toute la soirée. Combien de temps pouvait prendre un piercing ? se demanda-t-il, la tête embrumée par la vodka.

Damian hocha pensivement la tête.

— Tu saurais pas qui a écrit toutes ces chansons dans les carnets en cuir noir dans l'autre pièce ?

Dan se demanda d'un seul coup s'il ne s'était pas endormi, abruti par l'alcool, et ne rêvait pas toute cette conversation.

— Des poèmes, corrigea-t-il, effaçant d'un battement de paupières toutes les joyeuses notes mélodieuses des Whiffenpoofs, qui continuaient à donner la sérénade à sa sœur. Un grand type aux lunettes à monture d'acier et une petite femme aux cheveux blond vénitien dansaient le tango à travers la pièce.

— Ce sont mes *poèmes*.

Il tâcha de se lever mais ses chevilles se tordirent et il s'affala contre le mur. S'il ne bougeait pas rapidement, il allait pisser dans son froc.

Damian mit son manteau derrière lui et s'accroupit devant lui.

— Je t'le dis, man, c'est des *chansons*.

Dan fixa d'un air impassible la célèbre cicatrice de douze centimètres qui barrait le célèbre front du musicien. Elle était censée provenir d'un accident de moto BMX. Son cerveau avait-il été touché lui aussi ou quoi ?

— Mec, insista Dan, je les ai écrits. C'est des *poèmes*.

— Des chansons, des chansons, des chansons, des chansons. (Il tendit la main et réussit à le faire se relever en l'amadouant.) Viens, je vais te montrer.

Dan le suivit d'un pas chancelant, bousculant des gens et bafouillant ses excuses d'une voix pâteuse.

— Quand allez-vous rejouer, les mecs ? cria quelqu'un.

— Bientôt, connard, marmonna Damian en lui faisant un doigt.

La chambre de Vanessa était aussi bondée que le séjour. Les autres membres des Raves étaient vautrés sur son lit, triant les carnets de Dan.

— T'as vu celle-là ? Elle s'appelle *Salopes*, dit le bassiste à Damian en lui tendant le poème. Ce serait, genre, la chanson d'amour idéale du mec qu'en a plein le cul ; tu vois ? Genre le morceau parfait de milieu de concert. Surtout après celle-là, trop marrante : « Tuer Tooter ».

Dan les fixa longuement. Il y avait encore de fortes chances qu'il rêve ou qu'il soit mort après s'être fait marcher dessus par l'un des potes ouvriers baraqués de Tiphany.

Damian le fit avancer d'un coup de coude.

— J'ai trouvé le type qui les a écrits. Il est assez beau mec pour être leader.

Dan tanguait sur ses jambes devant les autres. Leader ?

— Mais il sait chanter ? demanda le batteur en le jaugeant de la tête aux pieds et en tirant sur sa moustache bizarre et flippante.

Les Raves avaient un style hyperéclectique : en partie grand frère cool, en partie serial killer.

Chanter ?

Damian donna une grande tape dans le dos de Dan.

— Tu vas essayer, OK ? C'est tes chansons après tout. Chante-les comme t'as envie de les chanter. On joue hyperfort donc t'auras l'impression de hurler. (Il tapa de nouveau dans son dos.) Faut juste que ça le fasse, OK ?

— OK.

Lorsqu'il suivit le groupe dans le séjour, Dan eut l'impression que son corps était entre les mains d'un marionnettiste maniaque au sens de l'humour tordu. Ce dont il se souvint ensuite, c'est qu'il enlevait sa chemise.

Bien, c'est lui le leader, après tout.

Le batteur donna plusieurs coups de baguettes et un silence impatient s'abattit dans la pièce.

— On commencera par « Tuer Tooter », d'accord ? demanda-t-il à Dan.

Celui-ci hocha la tête. Il connaissait à peine les paroles mais il était tellement bourré de toute façon que ce n'était pas comme s'il devait articuler distinctement.

Le groupe attaqua un morceau de pongo rythmique et frénétique sur un riff de basse chaloupé. Parfait pour le poème, ou la chanson, ou quoi que ce soit, putain !

« T'as faim ? J't'ai préparé quelque chose ! Crève, Tooter, crève ! » hurla Dan dans le micro. « T'es naze ? J'vais t'faire dormir ! Crève, Tooter, crève ! »

« Crève, Tooter ! » reprirent les Whiffenpoofs derrière Dan.

La salle était bondée et immédiatement les fêtards suivirent la folie du moment, dansèrent le pongo et se déshabillèrent.

Dan déchira sa chemise. Et puis merde ! Il fit un doigt à tout le monde.

« T'en veux encore ? Viens le chercher ! Crève, Tooter, crève ! »

D'accord, il était peut-être complètement décalqué, mais c'était toujours mieux que de se complaire dans l'auto-apitoiement et de faire la poussière assis tout seul dans son coin.

Et au moins il savait désormais, après toutes ces années, qu'il avait écrit des *chansons* morbides et désabusées, pas des poèmes.

v reçoit un coup de pied au cul

— Yo, y a quelqu'un qui s'appelle Vanessa dans le coin ? brailla un type derrière la porte de la salle de bains.

— Ouais, cria Vanessa en retour.

Elle entrouvrit la porte. Voilà une demi-heure qu'elle était penchée au-dessus du lavabo à passer sa lèvre sous l'eau froide mais elle saignait encore.

Le type lui fourra le téléphone dans la main. Il était torse nu et arborait un tatouage de serpent sur la poitrine.

— Y a une conne qu'a appelé genre cinq cents fois. Elle pige pas qu'on essaie d'écouter de la musique ici ?

Vanessa prit le combiné et le coinça entre son menton et son épaule tandis que Tiphany appliquait de la glace sur sa lèvre.

— Allô ?

— Salut, c'est ta sœur. Tu te souviens de moi ? hurla Ruby au bout du fil. C'est quoi, ce bordel ?

— Je fais une fête, expliqua Vanessa, bien que cela n'expliquât pas grand-chose.

Ruby savait parfaitement que, à part Dan, sa sœur avait, en tout et pour tout, zéro ami.

— Ah oui, Miss Joyeux Anniversaire ? Et qui a l'honneur de participer à la fête ?

Vanessa jeta un coup d'œil furtif à Tiphany.

— C'est ta sœur ? articula-t-elle silencieusement.

Vanessa fit oui de la tête et Tiphany colla une poignée de glace dans sa main.

— Je te vois plus tard.

Elle repoussa du pied les serviettes maculées de sang qui jonchaient le sol de la salle de bains et s'en alla sans fermer la porte derrière elle. La cacophonie de musique et de cris plus l'odeur de fumée et de vodka faillirent faire tomber Vanessa à la renverse.

— C'est les Raves ? En *live* ? MTV t'a embauchée pour filmer leur vidéo ou quoi ? demanda Ruby.

— Aucune idée, répondit sa sœur, sincère.

Elle savait que la soirée avait pris une tournure hallucinante depuis qu'elle avait disparu dans la salle de bains mais n'avait pas réalisé l'ampleur des dégâts.

— Enfin bref, Tiphany loge ici.

— Tiphany qui ?

— Tiphany. Tu lui as donné la clé. Elle a dit que tu lui avais proposé de crécher ici aussi longtemps qu'elle voulait. Elle dort dans ton lit.

Ruby garda le silence un moment.

— Attends, je crois voir de qui tu parles. Elle a un furet, hein ? Et elle t'a sorti son histoire comme quoi elle avait roulé sa bosse, tout vu, tout fait, et qu'elle avait besoin d'un endroit où pieuter un moment ?

Bien vu.

— J'arrive pas à croire qu'elle ait gardé la clé. Tu te souviens de l'histoire de cette nana qui, genre, *squattait* l'appartement quand j'ai aménagé ? J'ai réussi à ce que le propriétaire la fiche à la porte et, pendant tout ce temps, elle se comportait comme si on était les meilleures amies du monde.

C'est bien du Tiphany tout craché.

— Mais elle n'est même pas d'ici, bégaya Vanessa. Elle est de partout. Elle a la *bougeotte.*

C'était l'une des expressions préférées de Tiphany mais qu'est-ce que ça faisait idiot dans la bouche de Vanessa !

— C'est une ma-lade, rectifia Ruby. Et une profiteuse. Je parie qu'elle n'a pas payé la bouffe ni rien depuis qu'elle est là. À part l'alcool peut-être.

Vanessa ne savait pas quoi dire. C'était vrai. Dan et elle avaient pratiquement nourri Tiphany pendant plus d'une semaine.

— En plus, on n'a pas le droit d'avoir des animaux dans l'immeuble. On pourrait se faire virer à cause du furet. Fous-la dehors, ma belle. OK ?

Vanessa était au bord des larmes. Comment avait-elle pu être si stupide pour laisser cette fille qu'elle ne connaissait même pas diriger sa vie ? C'était comme *Poison Ivy*, cet horrible film avec Drew Barrymore que Vanessa avait loué, même si elle avait trop honte de le reconnaître, où la méchante Drew aménage avec une fille naïve et lui pourrit complètement la vie.

— Je te rappelle demain, OK ? lui promit Ruby.

— OK, fit Vanessa puis elle raccrocha.

Ses mains tremblaient. Elle balança le téléphone dans le lavabo et se rua dans le séjour, oubliant totalement sa lèvre qui saignait.

Nom de Dieu.

L'appartement était assiégé. Des filles de Constance Billard, de Seatons Arms et de toutes les écoles avec lesquelles Vanessa espérait n'avoir jamais rien à faire dansaient le pongo et ondulaient le cul de façon suggestive contre les pelvis des garçons de St Jude's et de Riverside Prep. Les potes « ouvriers du bâtiment » de Tiphany, que Vanessa soupçonnait désormais d'être des cambrioleurs professionnels ou pire, attaquaient le mur du séjour avec le pic de Tiphany ; le furet de celle-ci et le singe de Chuck Bass se couraient après et se sautaient sur le lit de Ruby, et Tiphany elle-même était plantée devant la télé et passait un des films qu'avait tournés Vanessa il y a des années pour que tout le monde le voie. Mais où était Dan ? L'ignorait-il ou l'ignorait-elle ?

Se frayant un chemin à travers la foule, Vanessa sauta sur Tiphany et lui arracha la télécommande des mains.

— C'est personnel ! hurla-t-elle en éteignant la télé d'un coup.

Petit à petit, elle sentait ressortir son ancien « elle », indigné et qui en avait plein le cul… et c'était trop bon. Ce qui la mettait encore plus colère, c'était que Tiphany le lui avait volé.

Bravo, ma grande !

Tiphany rit, de son rire tonitruant d'abrutie, disant : « Ne sommes-nous pas les meilleures amies du monde ? »

— Dan est un poète chiant et un très mauvais acteur. (Elle

désigna du doigt l'autre bout du séjour.) Mais mélange les deux et voilà ce que tu obtiens !

Vanessa darda un regard noir sur elle puis se tourna pour voir ce qu'elle lui montrait. Elle se demandait comment elle avait pu louper ça. Dan, debout sur un cageot de lait retourné, torse nu et en sueur, mordait le micro en crachant les paroles de ses poèmes, comme si c'étaient des chansons. Elle se retourna. Elle s'occuperait de lui plus tard.

— C'est le caraco de ma sœur, dit-elle posément à Tiphany. Rends-le-moi.

La bouche de la jeune fille s'entrouvrit.

— Tu portes son pantalon.

— C'est *ma* sœur. Rends-le-moi, lui ordonna Vanessa. Et récupère tes amis, ton putain de furet et casse-toi, bordel de merde.

La rage qui sourdait depuis sa conversation avec Ruby dans la salle de bains la dévora brusquement. C'était son anniversaire et personne n'en avait rien à battre de saccager son appart. Elle ne connaissait même pas ces gens pour la plupart.

— Putain, tout le monde ! cria Vanessa. Je veux que *vous viriez votre cul d'ici* !

Évidemment personne ne l'entendait, pas avec le vacarme des braillements d'ivrogne de Dan.

Vanessa avait au moins un avantage. C'était son appartement et elle savait où se trouvaient les fusibles. Bousculant un garçon en sueur à moitié nu et sa petite copine bourrée qui ne tenait pas debout, elle se précipita dans la cuisine, grimpa sur le bar et ouvrit la boîte en métal au-dessus de l'évier. Elle tripota deux trois boutons, la musique se tut et la seule lumière qui restait brilla au-dessus de sa tête.

— TOUT LE MONDE DEHORS ! hurla-t-elle de nouveau, sa bouche s'ouvrant en grand, inhumaine, comme Lucy dans *Peanuts* lorsqu'elle est hyperénervée contre Charlie Brown, ce qui lui fit supermal avec sa lèvre récemment percée.

— C'est quoi ce bordel ? fit un type qui ne portait qu'un boxer-short orange de Princeton.

— Qui est-ce donc ? gémit la fille.

Mais c'étaient des gosses bien élevés, pas du genre à s'attarder dans une soirée s'ils n'étaient pas les bienvenus. Lentement les fêtards sortirent au compte-gouttes et descendirent l'escalier. Vanessa crut même entendre le bruit distinct d'un pic cliqueter par terre.

Elle s'assit sur l'évier et balança ses écrase-merde contre la porte du four en regardant tout le monde partir.

— Pourquoi elle nous a pas juste demandé de baisser le son ? marmonna quelqu'un.

— Qu'est-ce qu'on est censés faire maintenant ? Il n'est que minuit, se plaignit quelqu'un d'autre.

Naturellement, Chuck Bass avait LA solution.

— On déménage la fête chez moi !! s'écria-t-il en ramassant son singe et en le fourrant sous sa chemise. (Il prit les deux blondes de Georgetown par le cou.) Vous pourrez même dormir à la maison si vous voulez !

Tiphany passa devant la cuisine d'un air digne, uniquement vêtue d'un soutien-gorge noir, qui devait probablement appartenir aussi à Ruby. Elle jeta un truc à Vanessa.

— Le voilà ton T-shirt à la con !

Vanessa n'estima pas que ce genre de comportement méritait une réponse. Elle observa avec une satisfaction béate Tiphany attraper son furet par la peau du cou, tirer son sac marin dans le séjour puis prendre la porte.

Ce n'était pas comme si elle était S.D.F. Y avait des tas de chambres chez Chuck.

d *et* *v* *le font avec des mots*

Il ne restait plus que quelques traînards. Vanessa remit le courant et examina les dégâts. Elle devrait embaucher une entreprise de nettoyage pour l'aider. Peut-être trouverait-elle un moyen de le facturer à Tiphany.

Dan, à quatre pattes, cherchait sa chemise et ses chaussures. Ses cheveux châtains en bataille étaient tout emmêlés sur ses yeux ; il ne voyait rien.

Vanessa descendit d'un bond de l'évier.

— Tu peux rester, lui dit-elle d'un ton doux.

Ce qui s'était passé était de sa faute après tout. Si elle n'avait pas été aussi submergée par les conneries de Tiphany, Dan et elle vivraient ensemble et tout se passerait bien au lieu de courir à la catastrophe.

Dan trouva une de ses Puma et l'enfila à la va-vite. Une, c'était mieux que rien. Il se leva. La lèvre supérieure de Vanessa était toute croûtée de sang mais elle était physiquement mieux que lui se sentait intérieurement.

— Faut qu'j'retrouve le groupe. Ils veulent que je sois leur leader, dit-il en ayant du mal à articuler dans un empressement alcoolisé.

Vanessa ne voyait pas le moins du monde de quoi il parlait. Peut-être que s'ils s'asseyaient et discutaient comme ils l'avaient toujours fait, les choses reviendraient à la normale.

— C'est mon anniversaire, lui rappela-t-elle en faisant de son mieux pour que sa voix ne s'étrangle pas. Peux-tu me lire le poème que tu m'as écrit ?

Dan secoua la tête. Presque tout ce qu'il avait jamais écrit était pour Vanessa.

— C'est une chanson. Ce sont toutes des chansons.

— Si tu le dis.

Vanessa sortit le bout de papier du tiroir de la salle de bains, soulagée qu'une fouineuse n'ait pas farfouillé pour trouver du gel ou autre et n'ait pas piqué le poème.

Elle le donna à Dan et s'assit devant lui. C'était un soulagement immense de se retrouver en tête-à-tête, même si les murs s'écroulaient tout autour d'eux.

Le cœur de Dan continuait à battre comme un fou mais le reste de son corps s'était calmé. Il lut soigneusement le poème, la langue pâteuse d'alcool et de fatigue.

Une liste des choses que tu aimes :
Noir
Bottes au bout en acier
Pigeons morts
Pluie sale
Ironie
Moi

Une liste des choses que j'aime
Cigarettes
Café
Toi et tes bras blanc-pomme
Mais le problème des listes
C'est qu'on a tendance à les perdre

— Ça fait paroles de chanson, non ? observa Dan. C'est vrai, quoi, ce serait encore mieux en musique.

Il tenta de relire le poème mais les mots se mirent à danser autour de la page et il ne parvenait plus à leur trouver de sens. Il savait qu'il les avait écrits pour une raison mais il était incapable de se souvenir de laquelle.

Vanessa produisit un petit halètement bizarre, et quand il leva les yeux, il la vit en train de sangloter, le souffle coupé et étranglé, comme quelqu'un qui n'a pas souvent l'habitude de pleurer. Quelques minutes plus tôt, Dan se marrait comme un fou, braillait à pleins poumons dans un micro. Comment tout avait-il pu brusquement devenir aussi grave ?

Vanessa lui prit la main. Elle avait le visage mouillé et barbouillé, son nez coulait et sa lèvre supérieure arborait un anneau d'argent ensanglanté.

— Écoute, je sais que tout se casse la gueule mais ça ira. C'est vrai, quoi, c'est exactement comme dans ton poème. J'aime la laideur. On aime tous les deux quand les choses ne sont pas parfaites, hein ?

La main de Dan pendillait mollement dans la sienne. Il savait que Vanessa disait quelque chose d'important mais il ne parvenait pas à se concentrer. Il avait juste besoin d'une cigarette et, pour ce qu'il s'en souvenait, il était complètement à sec. Ou peut-être ses clopes se trouvaient-elles avec son autre chaussure ?

— Il faut que je trouve ma chaussure, lui dit-il.

Les larmes continuèrent à ruisseler. Vanessa serra sa main très fort, mourant d'envie de finir ce qu'elle avait commencé, de lui expliquer ce qu'elle pensait de la signification de son poème, de lui confier combien elle trouvait vrai ce qu'il disait.

— On n'est pas obligés d'aller dans la même fac ni même de vivre ensemble. On peut juste *être* nous-mêmes.

Elle s'essuya le nez sur le revers de sa main libre. Des petites taches de sang de son piercing maculaient son pantalon à rayures de zèbre. Elle les frotta avec colère.

— Quoi qu'on fasse, on peut toujours rester ensemble, d'accord ?

Dan opina de la tête.

— D'accord, acquiesça-t-il comme un robot.

Non pas qu'il ne ressentît pas son chagrin. Il ne pouvait tout bonnement pas tenir une conversation aussi intense pour l'instant.

Un sanglot silencieux secoua les épaules de Vanessa. Elle s'essuya de nouveau le nez, se pencha et l'embrassa sur les lèvres. Dan essaya de lui rendre son baiser mais il avait peur de faire mal à sa lèvre.

— Très bien. (Elle lâcha sa main et tenta d'ébaucher un sourire.) Va-t'en. Va essayer de devenir une rock star ou ce que tu veux.

Dan la fixa. Le laissait-elle partir ?

Ben oui.

— Bon alors tu t'en vas ?!

Vanessa lui donna un petit coup de coude dans la poitrine tout en luttant contre une nouvelle crise de larmes.

Dan se releva péniblement. Il avait du mal à voir par terre tant le sol était jonché de mégots, de bouteilles vides, de fringues oubliées et de trucs cassés.

— Je peux revenir demain t'aider à tout nettoyer, proposa-t-il sans conviction en traversant clopin-clopant le champ de bataille.

Parce que demain, bien sûr, il pétera la forme, sera prêt à enfiler des gants en caoutchouc et à jouer les fées du logis ?

***o* et *n* le font pour de vrai**

— Tu l'as encore ? dit Olivia en attrapant le pull en V en cachemire vert mousse qu'elle avait offert à Nate voilà plus d'un an sur le dos de son fauteuil de bureau où il l'avait laissé la veille. Elle le mit à l'envers et vérifia que le minuscule cœur en or qu'elle avait cousu dans l'une des manches s'y trouvait encore. Oui.

Nate, debout au milieu de sa chambre, l'observait. Il voulait la déshabiller en quatrième vitesse, l'attraper et la jeter sur le lit, mais sachant d'expérience qu'Olivia aimait faire les choses à son rythme, il était prêt à patienter.

Elle reposa le pull et passa la main sur la maquette de bateau sur le bureau de son copain. A côté trônait une photo de lui et de ses potes de St Jude's brandissant les deux énormes poissons qu'ils avaient attrapés quand ils étaient partis à la pêche dans le Maine. Avec ses bras bronzés et musclés, son grand sourire Ultrabrite, ses cheveux châtain doré et ses yeux verts brillants, Nate était le plus mignon. Comme si c'était une révélation.

Elle ignorait ce qu'elle attendait et ne tentait pas réellement de gagner du temps. Elle ne s'était pas trouvée seule avec lui dans cette intimité parfaite depuis tellement longtemps qu'elle la savourait. Et ce qui était drôle, c'est que toutes les autres fois – et il y en avait eu un tas –, alors qu'elle pensait qu'ils allaient passer à l'acte, elle s'était toujours sentie nerveuse et agitée et n'arrêtait pas de parler. Mais pas cette fois.

— Tu veux écouter de la musique, qu'on mette un film ou autre chose ? proposa Nate, se demandant s'il avait besoin de mettre un peu d'ambiance.

Si seulement il avait des bougies ou de l'encens. De l'huile de massage ? Des menottes ?

OK, ne nous emportons pas.

Olivia se dirigea vers la bibliothèque et alluma la lampe globe ridicule que Nate avait depuis l'âge de cinq ans. Puis elle éteignit le plafonnier. La lumière du globe se mélangeait au clair de lune filtrant par la lucarne au plafond, baignant la chambre dans un doux éclat bleu clair.

— Viens. (Elle ôta ses ballerines noires Kate Spade d'un coup de pied. Les ongles de ses orteils, vernis de bordeaux, étaient sexy, même à ses yeux. Elle adressa un grand sourire à Nate.) Viens par ici.

Il s'exécuta, passa ses mains sous son haut et l'aida à l'enlever tandis qu'elle lui arrachait pratiquement la tête en ôtant le sien. Son soutien-gorge était blanc, léger, transparent et sans armatures et, lorsqu'elle le défit, il tomba par terre comme un mouchoir en papier.

Nate tint bon. Il était allé si loin tellement de fois auparavant qu'il n'aurait pas été surpris si la mère d'Olivia avait frappé à la porte pour leur annoncer qu'en fait elle attendait des triplés et que les deux autres bébés arrivaient incessamment sous peu.

Olivia mit ses bras autour de son cou et colla son corps au sien. Toutes les fois où elle s'était imaginée le faire, elle s'était vue, avec Nate, à la place des acteurs d'une scène d'amour d'un vieux film. Audrey Hepburn et Gary Cooper dans *Ariane*. Kathleen Turner et William Hurt dans *La Fièvre au corps*. Mais c'était dix fois mieux, parce que c'était réel et tellement agréable.

Il ne pouvait s'arrêter de l'embrasser. Elle guida sa main vers la ceinture de son jean puis chercha la sienne. OK, peut-être que personne ne viendrait frapper à la porte et que le ciel ne leur tomberait pas sur la tête. Peut-être que cette fois, ça se passerait pour de bon.

Elle le fit reculer vers le lit et ils ôtèrent leurs pantalons et sous-vêtements dans un petit shimmy. Et il ne resta plus qu'eux. Ils s'embrassèrent de nouveau sur toutes les parties baisables de leurs corps puis il devint évident que certaines mesures devaient être prises. Nate chercha un préservatif à tâtons dans le tiroir de sa table de nuit.

Et maintenant, place à l'embarras !

Mais non, ce ne fut pas gênant. Olivia s'empara du préservatif, embrassa tout son corps et le lui enfila soigneusement comme si elle enfilait l'une des petites chaussettes de bébé de Yale. Voilà. Très bien.

Nate avait oublié ce que c'était que d'être avec Olivia. Que la toucher ne revenait pas à se trouver dans une maison hantée, où il devait deviner à l'aveuglette où se trouvaient les choses et quelles elles étaient, pour finir par se cogner contre les murs. Avec Olivia, il *savait*, tout simplement. Et tout semblait aller de soi.

Elle n'eut même pas besoin de lui demander de ralentir. Ils étaient tellement synchro qu'elle n'avait qu'à fermer les yeux, l'envelopper de ses bras, arquer légèrement le dos et sentir que, voilà, ça y était.

Ta da !

Lorsque ce fut terminé, ils s'allongèrent sur le dos, main dans la main, souriant au plafond, parce qu'ils savaient que dans quelques minutes ils pourraient recommencer. Ils pourraient passer le rester de leur vie à le faire s'ils le désiraient. Se faire livrer à manger dans l'aile de Nate de sa maison de ville. Passer leurs examens sur le net.

— Si ça se trouve, je n'irai même pas à la fac, déclara-t-il d'un ton songeur. (Pourquoi devrait-il le faire alors qu'il pouvait prendre tant de plaisir ailleurs ? Il lui embrassa la main.) On pourrait faire le tour du monde en bateau, toi et moi. Vivre des aventures.

Olivia ferma les yeux et tenta de s'imaginer faisant le tour du monde avec Nate sur le yacht qu'il avait construit spécialement pour eux.

— Je mettrai un bikini Missoni différent tous les jours et j'aurai le plus beau bronzage du monde, murmura-t-elle à voix haute.

Dans sa tête, le délire se poursuivit. Leurs corps seraient musclés, secs et nerveux à force de travailler sur le yacht et de se nourrir exclusivement de poisson cru, d'algues et de champagne. La nuit, ils feraient l'amour sous les étoiles et le matin, au bruit du croassement des mouettes. Ils auraient de magnifiques bébés blonds et bronzés aux yeux verts qui nageraient comme des dauphins et seraient tout le temps tout nus. Ils s'arrêteraient dans des ports exotiques, où les autochtones les accueilleraient en dansant et leur offriraient des bijoux rares et des fourrures. Enfin, ils auraient amassé une telle collection de trésors qu'ils seraient connus dans le monde entier comme les marins les plus riches de l'univers et des pirates les poursuivraient pour piller leur butin et voler leurs enfants à la beauté incroyable de mannequins pour Ralph Lauren. Entre-temps, n'ayant rien d'autre à faire sur le bateau, Nate et elle seraient devenus ceintures noires de karaté et résisteraient aux pirates, leur faisant faire une chute mortelle dans les océans infestés de requins. Puis ils s'en iraient au clair de lune, indemnes et plus amoureux que jamais.

Pourquoi pas ?

— Ou peut-être qu'on ira tous les deux à Yale, dit-elle, pleine d'espoir.

Un médecin de l'hôpital où avait accouché sa mère avait laissé un mot au portier lui disant qu'il voulait lui écrire une lettre de recommandation pour qu'elle suive la prépa en médecine de Yale. Elle n'avait jamais envisagé de devenir médecin mais si cela pouvait la faire entrer dans l'université de ses rêves, pourquoi pas ?

— Je ferai partie de l'équipe de lacrosse et m'inscrirai en première année de géologie, murmura Nate dans ses cheveux.

— Oui, acquiesça Olivia d'un ton rêveur.

Nate effectuerait des fouilles dans les bois du Connecticut pour trouver des pierres et porterait les magnifiques pulls Aran qu'elle lui tricoterait durant les interminables cours magistraux de médecine. Toutes les étudiantes en prépa de médecine seraient amoureuses d'un jeune biologiste brillant qui serait, en l'occurrence, le conseiller pédagogique d'Olivia mais elle ne lui prêterait pas attention – elle n'aurait d'yeux que pour Nate.

— Et on vivrait ensemble, ajouta-t-elle à voix haute.

Dans une vieille maison victorienne délabrée tout près du campus. Ils feraient du cidre chaud dans le poêle à bois et prépareraient des marshmallows grillés au chocolat dans la cheminée.

Nate se fendit d'un sourire heureux.

— On prendrait un danois.

— Non, *deux* danois et deux chats, rectifia-t-elle.

Et ils seraient tellement impliqués dans leurs études et occupés à faire l'amour sur leur lit d'époque dans leur chambre victorienne vieillotte qu'ils oublieraient de se couper les cheveux ou de s'acheter de nouvelles fringues, et qu'ils auraient l'air de hippies, mais obtiendraient malgré tout leur diplôme mention bien.

— Et on se mariera, murmura-t-il.

— Oui.

Olivia serra amoureusement sa main sous les draps.

Ils feraient un mariage gigantesque à la St Patrick's Cathedral, et lorsqu'ils reviendraient de leur lune de miel d'un an dans le Sud de la France, ils vivraient dans un appartement luxueux sur la 5e Avenue, donnant sur le parc. Elle serait chef du service général de la Santé publique à New York et lui resterait à la maison avec leurs quatre enfants aux cheveux dorés et aux yeux verts à construire des bateaux dans le séjour. Et il ne manquerait jamais de mettre un Hershey's Kiss, un cœur en chocolat, dans sa boîte à déjeuner pour lui montrer combien il l'aimait.

Olivia se retourna et posa la tête sur la poitrine de Nate. Les possibilités étaient infinies mais ils n'étaient pas obligés de se décider maintenant. La seule décision qu'ils devaient prendre pour l'instant, c'était de savoir s'ils le refaisaient, ou s'ils attendaient un peu.

Le cœur de Nate battait dans ses oreilles, telle une vibration urgente. Elle leva la tête et l'embrassa.

Pourquoi attendre ?

gossipgirl.net

thèmes ◀ précédent suivant ▶ envoyer une question répondre

Avertissement : tous les noms de lieux, personnes et événements ont été modifiés ou abrégés afin de protéger les innocents. En l'occurrence, moi.

salut à tous !

UNE FÊTE MOBILE

La dernière fois que j'ai jeté un œil, tout le monde respirait encore – enfin presque. La fiesta de hier soir – qui s'est en fait poursuivie jusqu'en fin d'après-midi le lendemain – compte-t-elle pour une ou deux soirées ? Étaient-ce réellement les Raves ou un pauvre groupe de bar merdique de Williamsburg qui tentait de les imiter ? Et notre poète préféré de l'Upper West Side était-il vraiment soûl au point de ne pas retrouver sa deuxième chaussure ? Non que cela ait affecté ses talents de chanteur. Il était encore mieux à Manhattan qu'à Brooklyn, mais peut-être était-ce parce que nous étions tous encore plus éméchés. Ma partie préférée de la soirée, ce fut lorsque les blondes en sweat-shirts Georgetown, sifflets et pansements sur le ventre assortis, ont exécuté un petit numéro de pom-pom girl sur la musique puis ont invité tous les mecs dans la chambre à jouer au jeu de la bouteille[1] ? Quand je pense que, d'après la rumeur, les filles de Georgetown sont toutes hyperchastes !

1. Jeu dans lequel une personne fait tourner une bouteille et embrasse celui sur qui son goulot est dirigé quand elle s'est arrêtée de tourner. *(N.d.T.)*

Deux personnes ayant brillé par leur absence n'ont pas réapparu de toute la soirée et sont toujours portées disparues. Il paraît qu'elles se sont volatilisées ensemble et que, le reste de l'année scolaire, nous devrons les regarder être tout dégoulinants d'amour parce que l'amour est une chose merveilleuse et patati et patata. Mais je suis sûre que nous pourrons leur concocter quelques surprises pour rendre leur vie plus intéressante – pas vrai ?

VOS E-MAILS

Q: Chère GG,
Je me fais du souci pour ma sœur. Elle a fait une méga teuf à Brooklyn hier soir et ça a dégénéré grave. Y a des chances que t'aies été là. Elle va bien ?
— rb

R: Chère rb,
Elle avait l'air trop en pétard quand elle nous a tous foutus dehors pour être traumatisée à vie. Nous, les filles, nous sommes résilientes. Même s'il faudra un peu de temps à sa lèvre pour guérir, et qu'elle devra sûrement demander de l'aide pour faire le ménage.
— GG

Q: Chère GG,
Alors voilà, on vient jusqu'à New York recruter cette fille pour qu'elle entre dans notre fac et elle disparaît carrément de la circulation. ENSUITE on finit par, genre, presque rompre ce pacte qui était en gros notre mission dans la vie depuis deux ans. Tout ça, c'est de sa faute et nous ne voulons plus d'elle dans notre université ni dans notre communauté.
— becs

R: Chères becs,
Je vois pas trop ce que je peux faire pour vous aider. Vous vous avez encore les unes les autres, non ?
— GG

ON A VU

S, organiser un petit brunch réservé aux garçons dans son appartement sur la 5e Avenue. La dernière fois que les domestiques sont passés, y avait quatorze couverts. **J** et **D,** signer des autographes à la sortie des studios de **MTV**. OK, ils ne sont pas encore célèbres mais si vous vous *la jouez* star, le monde est à vous. **V** coller des affiches « Recherche colocataire » dans tout **Williamsburg**. **C** et sa copine aux cheveux noir et violet pousser leurs animaux dans une voiture de poupée au zoo de **Central Park**. On dirait qu'il a trouvé la nounou idéale pour son singe quand il ira à **West Point** l'an prochain. Portés disparus : **O** et **N**. Vus pour la dernière fois piquer un sprint de l'immeuble de **O** à l'angle de la 72e Rue et de la 5e à la maison de ville de **N** sur la 82e Rue derrière le Parc vers 23 h 30 hier soir.

J'ai encore la tête qui tourne de visions de singes, de furets, de filles en hauts de cuir turquoise mais j'ai pas trop la gueule de bois pour vous poser d'autres questions :
D et **V** sont-ils encore ensemble ou n'est-ce plus qu'une histoire d'amitié ? Quel genre de « colocataire » recherche-t-elle au juste ?
D deviendra-t-il un dieu du rock internationalement célèbre ?
O finira-t-elle par entrer à Yale ? Et pour ça devra-t-elle intégrer l'armée ou devenir médecin ?
O, **N** et **S** iront-ils à Yale tous ensemble ? Est-ce vraiment une bonne idée ?
J deviendra-t-elle une célèbre supermodèle intouchable ou foutra-t-elle encore tout en l'air et devra-t-elle entrer au pensionnat pour échapper aux regards brûlants des passants ?

N trompera-t-il de nouveau **O** ? Si oui, envisagera-t-il de le faire avec moi ?
Je sais que vous brûlez d'envie de le savoir. Mais d'abord, s'il vous plaît, rentrez chez vous et reposez-vous.

Vous m'adorez, ne dites pas le contraire.

gossip girl

Achevé d'imprimer en mai 2005
par Bussière
à Saint-Amand-Montrond (Cher)

FLEUVE NOIR
12, avenue d'Italie
75627 Paris Cedex 13
Tél. : 01 44 16 05 00

N° d'impression : 051768/1.
Dépôt légal : mai 2005.
Imprimé en France